L'HOR

DU MÊME AUTEUR

Dérives, Leméac, 2010 ; collection « Nomades », 2017.
La chute de Sparte, Leméac, 2011 ; collection « Nomades », 2018.
Mort-Terrain, Leméac, 2014 ; collection « Nomades », 2016.
Naufrage, Leméac, 2016 ; collection « Nomades », 2019.
La chaleur des mammifères, Leméac, 2017 ; collection « Nomades », 2021.
Cadillac, Leméac, 2018.
C'est Flavie (avec Alice Fréchette Alepin), Duchesne et du rêve, 2018.
Les abysses, Leméac, 2019.

BIZ

L'horizon des événements

roman

LEMÉAC

Ouvrage édité sous la direction
de Jean Barbe

Couverture : François Sybille, d'après la toile *Deep Blue* d'Olicorno

Leméac Éditeur remercie le gouvernement du Canada, le Conseil des arts du Canada, la Société de développement des entreprises culturelles du Québec (SODEC) et le Programme de crédit d'impôt pour l'édition de livres du Québec (Gestion SODEC) du soutien accordé à son programme de publication.

Canadä

ISBN 978-2-7609-4870-9

4609, rue D'Iberville, 1er étage, Montréal (Québec) H2H 2L9
Dépôt légal — Bibliothèque et Archives nationales du Québec, 2021

Mise en pages : Anne-Marie Jacques

Imprimé au Canada

À Chanel Foucault

Pour Alice et Louis

« Ils peuvent être mes bourreaux, mais ils ne seront jamais mes juges. »

MARIE-ANTOINETTE

« Soyez réglé dans votre vie et ordinaire comme un bourgeois, afin d'être violent et original dans vos œuvres. »

GUSTAVE FLAUBERT

1

TROU NOIR

Longtemps je me suis branlé de bonne heure. Une fois les enfants couchés, je n'avais plus grand-chose à faire. Alors autant régler ça tout de suite; une petite giclure de quêteux de cul avili, et on n'en parlait plus jusqu'au lendemain. Parfois, je me permettais le luxe de recueillir ma Voie lactée dans un baluchon constitué de deux Kleenex. La grande classe. Le plus souvent, c'était dans un tunnel de papier de toilette, dont le rouleau sur la table de chevet claironnait ma réclusion sexuelle. Le fond du baril de la dignité était atteint quand je devais aller chercher des essuie-tout dans la cuisine. Une demi-feuille, c'était bien suffisant. Toujours avec la peur que mon gars se réveille pour pisser et m'aperçoive avec l'entrejambe de pyjama tendu comme un chapiteau.

Cette époque de mon divorce qui n'en finissait pas évoque une tartine moisie dégoulinante de dégoût de moi. Ce qui me lestait de honte, c'était le temps que j'avais mis à m'évader de mon couple. Au début, on refuse de divorcer à cause des enfants. On ne veut pas les exposer à la fission de la famille nucléaire, cet idéal médiéval surfait. Alors on mange son pain noir. On en bouffe jusqu'au quignon, du pain ranci. On mastique son amertume jusqu'à s'en mordre la langue. On refoule. On accumule. On compromissionne. Et, quand la cuvette est pleine, on s'engueule. De plus en plus fréquemment, jusqu'à ce que l'aboiement soit un mode de conversation. D'abord à voix basse, pendant que les petits sont couchés, avec la peur qu'ils se réveillent. Devant les amis, ensuite, au cours de chic soirées *In vino veritas.* Confits dans l'alcool, les mots crachés s'enflamment à la sortie de la bouche. Et les amis impuissants d'assister au combat malaisant de deux cracheurs de feu en furie. Et puis, en fin de course, le couple se hurle dessus ouvertement, sans aucune pudeur, déchaînant l'ouragan devant la chair de sa chair, en la prenant lâchement à témoin. Coincés qu'ils sont entre les mâchoires d'un étau qui les broient, les pauvres enfants funambules tanguent au-dessus de l'abîme et naviguent entre Charybde et Scylla.

Dans un sursaut de bonne volonté, le couple vacillant consulte une psychologue. Ça, c'est le chant du signe que c'est terminé. Rendus là, on peut procéder à l'inhumation. Une thérapie conjugale, c'est un Nuremberg stérile, où l'on promet de changer et d'être plus à l'écoute. Après chaque séance, plus ça change, plus c'est pareil, cent quatre-vingts dollars en moins.

De guerre lasse, on reconnaît qu'il est préférable de quitter le navire plutôt que de couler avec lui. Mais ne divorce pas qui veut. Ce n'est pas très agréable, un divorce. C'est une amputation. On peut le faire en salle d'opération, proprement, sous anesthésie, avec des instruments stérilisés et une gentille infirmière au réveil. Ou à froid, comme un renard pris au piège qui se ronge la patte. Agrippé au bord du gouffre, avant de lâcher prise et de disparaître dans l'abysse, c'est Gandalf qui avait raison : « Fuyez, pauvre fou ! » Fuyez ! Fuyez ce funeste cachot où, emmuré, on se transforme avec les années en poussière de soi. Fuyez ce marais toxique où l'on patauge au quotidien à s'en éclater les rotules. Fuyez ! À tout prix. Au prix de son temps, de sa dignité, de son amour-propre, de sa réputation et de ses économies. Racheter sa liberté, ça n'a pas de prix. Enfin, oui, quand même. La moitié d'un REER qui disparaît. Pouf! La moitié d'une retraite volatilisée. En une signature devant un avocat. À ce stade, on est tellement épuisés qu'on signerait son avis de décès. Le duplex: appuyez très fort sur le stylo. La pension pour conjoint: juste ici sur la ligne. La pension pour les enfants: signature, initiales, signature. C'est une saignée, avec un scalpel tout rouillé, souillé de tétanos.

Un célibataire endurci est louche. Si personne ne veut de lui, il a forcément un défaut de fabrication. L'homme marié, lui, est digne de confiance, loyal. L'époux est fiable, vaillant, habile au travail d'équipe. Encore mieux qu'un époux: veuf. Le veuf suscite l'empathie et une curiosité tout en retenue. Son projet a été interrompu par une jambette du destin. Le veuf est un résilient malchanceux. Dans certains cas, il reçoit même un héritage ou une assurance vie pour éponger son deuil. Le divorcé, lui, est un perdant doublé d'un menteur. Son projet est un échec. Un foirage d'autant monumental qu'il a promis à la face du monde d'aimer pour le meilleur et pour le pire. Le divorcé a failli à la tâche. Son crédit amoureux est mort. Pire que le divorcé, il y a le remarié. Lui, c'est un dur de comprenure. N'ayant pas assimilé que les mêmes causes produisent les mêmes effets, c'est un Prométhée condamné à se faire dévorer le cœur.

Notez qu'il ne s'agit pas ici d'un réquisitoire contre le chromosome X. Rien à voir avec madame; le problème concerne autant les bonhommes que les bonnes femmes, et tout ce qu'il y a entre les deux. Le problème, c'est la dimension légale du mariage. Le contrat le plus engageant d'une vie n'est jamais lu. Encore moins compris. Communauté de biens, secours mutuel, société d'acquêts, on acquiesce à tout devant le curé et la parenté, sans se douter des implications de ce *Oui, je le veux.* Une petite signature gribouillée avant d'aller se fêler la fiole à la fête et foufouner sa légitime. Et cette signature, elle engage un max de fric et d'énergie en cas de divorce. La puissance qu'il faut mettre à désunir ce que Dieu a uni… Tous les saints sont ligués contre nous. C'est à croire que tout concourt à l'inertie d'une union damnée.

Pas question non plus de m'appesantir sur ma condition de bonhomme blanc déboulonné. J'ai trop lu et entendu Céline pleurnicher de sa petite voix rancie sur son sort pour swinguer le même rigodon au nord d'un château l'autre. Comment passer de titan littéraire à pauvre petit médecin des pauvres pleurnichard et aigri…?

C'est comme ta modestie, Ferdinand: du toc. Une humilité de Gyproc *made in China*. Tu n'as jamais leurré personne en plastronnant que tu avais écrit le *Voyage* pour « payer le terme ». Ta lettre de présentation du manuscrit est à cet égard sans équivoque : « C'est du pain pour un siècle entier de littérature. (Là-dessus, tu n'avais pas tort.) Le prix Goncourt 1932 (là, tu t'es gouré) dans un fauteuil pour l'Heureux éditeur qui saura retenir cette œuvre sans pareil, ce moment capital de la nature humaine. » Sérieusement, Ferdinand, tu n'as jamais cru que tu écrivais pour payer le loyer. Tu voulais marquer l'humanité au fer rouge. Rien de moins, avoue. Ça, c'est réussi. Pour plusieurs bonnes et quelques moins bonnes raisons.

Oui, je sais, je tutoie Céline. C'est que je l'enseigne à l'Université de Montréal au Québec depuis plus de vingt ans. Ça crée des liens. Hein, Ferdinand, que ça crée des liens? Même avec les génies insupportables.

Mais tout ça a fini par finir. Le divorce, je veux dire. J'avais fait mon temps. Ça m'a coûté cher, mais j'ai eu ma remise de peine. Je suis sorti du pen avec un billet d'autobus et quelques affaires dans un sac de papier. Hasta la vista ! Sayonara ! C'est ça qui est ça ! Comme le clame la maxime éculée : aujourd'hui est le premier jour du reste de votre vie. Selon le point de vue, la naissance est la fin de la grossesse ou le début de la vie.

Le temps de retomber sur mes pieds, je me suis trouvé un appart minable avec un pouce de jour en dessous de chaque porte. Un quadruplex déprimant, un trottoir craqué par les mauvaises herbes et une clôture édentée comme Houellebecq. Et des murs blancs tellement minces qu'ils auraient pu être dessinés sur le sol à la craie. Comme dans *Dogville* de Lars von Trier. Et du théâtre, Ferdinand... Des cris, des aboiements, des engueulades, de l'ostinage, du mémérage, de la rage et du blablatérage. Et l'odeur, Ferdinand... Un assemblage de jus de poubelle, de moisissure, de pisse de chat et de cigarette. Un grand cru château la Misère. Mais tout ça, tu connais, Ferdinand. Le théâtre du bon peuple, il se déroulait dans ta cour et à ton cabinet. Le petit monde, c'était ton monde. Et, si tu t'en es moqué parfois, c'est justement parce que tu le connais, le petit monde. En tant que médecin, tu as épongé son sang et respiré sa pauvreté. Révéler la misère des petits, c'est déjà prendre leur parti. Pour ça, Ferdinand, rien que pour ça, je ne pourrai jamais te détester complètement.

Donc, fini le duplex dans un quartier en vogue. Pour demeurer dans le district scolaire des enfants et avec la pension à payer, ce cloaque étudiant était tout ce que je pouvais m'offrir. Moi aussi, Ferdinand, j'en étais rendu à payer le terme. Preuve ultime de ma régression, j'avais dû renoncer au lave-vaisselle. Dans la vingtaine, il allait de soi de récurer les assiettes avec une lavette délavée qui puait le chien mouillé. Mais, à presque cinquante ans, laver à la mitaine sa vaisselle et celle de ses enfants, ça vous rentrait dans le bide et dans l'orgueil. Ça me ramenait au même niveau que mes étudiants. J'en avais la dignité toute fripée. Mais tout ça, c'était temporaire. Après la tempête de la rupture, j'envisageais le lave-vaisselle comme la promesse d'un horizon dégagé. L'idée même d'un rutilant carré d'acier brossé encastré sous mon comptoir, assistant domestique silencieux et performant, représentait une bouée à laquelle m'accrocher après le naufrage de mon couple.

De mon divorce, il me restait mes enfants, que j'emportais comme un butin de guerre. Des bleuets poussés dans les cendres de mon mariage. Ma fille Flavie : chevreuil gambadant aux jambes effilées, craintive et amicale. Sans ses lunettes, une beauté grave et sauvage. Agrandis par ses verres, ses beaux yeux la rendaient ahurie ou effarouchée. Je travaillais fort à lui construire une confiance. Ma grande de dix ans me rappelait avec raison que je devais arrêter de l'appeler *ma petite fille.* Ceinture noire en bricolage, elle concevait des maquettes de maisons d'une stupéfiante minutie. C'était une amie rare, le secret le mieux gardé de la cour d'école.

Et puis Léo, mon gars de quatorze ans. Grand cerf panaché, à la fois racé et désinvolte. Yeux fauves paisibles. Confiance tranquille à l'orée de l'arrogance. Petit homme de peu de mots, marmot monosyllabique, comme tous ceux de son âge, il prenait plaisir à contredire avec une répartie assassine. Un petit crisse de baveux, mais qui acceptait de bonne guerre de se faire étriver. C'était parfois essoufflant, mais il forgeait sa pensée sur l'enclume de celle des autres. Sensible. Secret comme un lac abitibien. J'aurais donné cher pour plonger dans la profondeur de ses eaux.

J'étais maintenant leur papa hippocampe une semaine sur deux. Quand ils habitaient avec moi dans ma caverne en carton, mon amour transformait mes bras en boas constricteurs. Mes enfants se débattaient et se déprenaient de mes étreintes éreintantes. Surtout Léo. C'était comme un jeu. « Tu gosses », m'assénait-il de sa nouvelle voix d'homme en feintant de la tête chaque fois que je passais ma main dans la coulée de cuivre de ses cheveux. Trop d'amour, ça suffoque.

Dès qu'ils repartaient chez leur mère, je devenais un *junkie* en manque. À la lueur d'une soixante watts nue, couché sur un matelas jeté au sol, avec une boîte de Kleenex comme table de chevet, je pensais à eux et j'en pleurais. Tellement ils m'étaient chers. Tellement je les espérais heureux.

En attendant le lave-vaisselle, mes enfants me fournissaient assez d'énergie et de dignité pour récurer à la main les couverts d'un banquet de Louis XIV.

Ça a débuté comme ça. Moi, j'avais jamais rien dit. Je tentais seulement d'enseigner Céline aux milléniaux. Vaste programme, je te l'accorde, Ferdinand... Je n'avais pas commencé directement. C'eût été trop périlleux dans un département des littératures diversitaire et paritaire. En tant que spécialiste de la littérature du début du XXe, j'avais fait croire au département, lors de mon embauche, que j'enseignerais Proust. Le petit père Marcel a du génie, bien sûr, mais il n'est pas dangereux. Il est précieux, rassurant. Petit bourgeois hypocondriaque, nostalgique des protocoles aristocrates, il écrivait avec des gants blancs dans son lit. Pas comme toi, Ferdinand. Toi, tu as scribouillé au cambouis. Les deux mains jusqu'au coude dans l'encrier de la souffrance. Celle du monde et la tienne. C'est toi-même qui l'as dit en entrevue dans ta retraite à Meudon : « La vraie inspiratrice, c'est la mort. Si vous ne mettez pas votre peau sur la table, vous n'avez rien. Il faut payer. Ce qui est fait gratuit sent le gratuit... et pue le gratuit. » Avec toi, Ferdinand, le lecteur en a pour son argent. Chaque phrase vaut son pesant de mots.

Donc, jusqu'à ma permanence, j'ai enseigné les ronds de jambes du narrateur qui se couchait de bonne heure. Dès que je suis devenu intouchable, blindé par la meilleure convention collective en Amérique, je t'ai introduit dans le cursus, Ferdinand. Pas ton corpus d'un coup, non. Les petits flocons auraient fondu au soleil de tes idées toxiques. J'y suis allé subtilement, en douce.

Session par session. Pour bien les mithridatiser, ces petit·e·s étudiant·e·s qu'un battement d'ailes de colibri peut envoyer rouler par terre. Même le département n'y a vu que du feu. D'abord avec *Voyage au bout de la nuit*, évidemment. Publié en 1932, avant la guerre, reçu par la gauche de cette époque comme un pavé antibelliciste ; ça passait encore. Et ensuite avec *Mort à crédit*. Ça aussi, ça allait. Un récit adolescent, dans le Paris de la Belle Époque, il y avait de quoi intéresser les jeunes. Pour *D'un château l'autre*, *Nord* et *Rigodon*, c'était plus ardu. Les milléniaux manquaient de références, et je ne pouvais pas leur en vouloir. À moins d'avoir appris par cœur le bestiaire de la collaboration, la trilogie allemande est en langage codé. Du morse avec trois petits points… Pierre Assouline a tout résumé : « Le départ vers l'Allemagne, c'est l'Apocalypse. Et, pour rendre l'Apocalypse, il faut un écrivain apocalyptique. […] [Céline], dans l'Allemagne de la débâcle, c'est ton sur ton. » Caméléon dans les décombres de la guerre. C'est tellement ça, Ferdinand.

Et puis les pamphlets… On ne pouvait pas ignorer l'éléphant dans la classe. Ah, tes pamphlets, Ferdinand… Tout aurait été tellement plus simple sans… Tu les aurais eues, tes statues, tes rues et tes commémorations nationales. Mais voilà : tu les a écrits. Et même si t'as pas voulu les rééditer après la guerre, tu les as jamais reniés. Pas parce que tu n'assumais plus tes idées vénéneuses. Parce qu'elles t'avaient mis dans la marde. La grosse crisse de marde. Un aller simple en première classe pour le cachot danois, avec escale à Sigmaringen. Ça aussi, ça fait partie du problème. C'est une chose de saucer sa plume dans l'encrier de la Tourette pour ensuite gribouiller du papier en une transe épileptique. C'en est une autre de publier tout ce purin et d'assumer ces insalubres verbigérations jusqu'au tombeau.

Tes foutus pamphlets, si laids, Ferdinand… Personne ne sait quoi faire avec. Faut-il les expurger de l'œuvre, comme la tumeur d'un corps sain? Les inclure dans une Pléiade? Les publier à part, avec ou sans appareil critique? Les révéler au monde en tant que virus à combattre? Les ignorer, comme le craillement d'un corbeau dans un dépotoir? Ou coffrer à jamais ces déchets radioactifs dans un sarcophage de béton?

Moi, tes pamphlets, Ferdinand, je les trouve non seulement ignobles, je les trouve mauvais. Indignes de toi. C'est pas du bon Céline. Certains céliniens les trouvent drôles. Ils y voient un delirium très mince comparable aux envolées de bois vert du capitaine Haddock. Pas moi. Dans *Bagatelles pour un massacre*, *Les beaux draps* et *L'école des cadavres*, je cherche en vain l'humanité du *Voyage* et l'humour de *Mort à crédit*. Je n'y vois qu'un petit monsieur fru fru, un péquenot parano qui pète les plombs dans son salon. J'aurais pu extraire l'anthologique description de Leningrad de la boue de *Bagatelles* et la faire analyser aux étudiants pour ses qualités littéraires inattaquables. Mais c'eût été malhonnête. C'est trop facile d'arriver au souper avec le bouquet taillé et cellophané. Dans ton cas, Ferdinand, pas de fleurs sans fumier. C'est ça que je voulais faire valoir à mes étudiants: la chaîne peut débarquer à tout instant, même sur les meilleurs vélos. Alors je leur touillais de la bagatelle en classe, dans un environnement contrôlé. Avec les précautions d'un sherpa guidant une cordée à travers des abysses idéologiques. Toujours en fin de session, pour ne pas corrompre leur lecture du *Voyage*.

À la suite de ma lecture d'une interminable litanie judéophobe extraite de *Bagatelles*, un jeune a dit:

— Mais c'est quoi le but? C'est pas de la littérature, c'est du radotage sénile de cerveau malade.

C'était une assez belle synthèse de ton délire, Ferdinand.

Depuis la grève étudiante, beaucoup d'encre avait coulé sous les ponts au département des littératures de l'UMAQ, l'Université de Montréal au Québec. Le nouveau directeur était un Haïtien débonnaire, spécialiste des littératures antillaises. Il avait gagné ses élections de justesse, devant une spécialiste des littératures LGBTQ+. Bien sûr, les féministes du département avaient grincé du maxillaire à l'idée de retrouver les schèmes oppressants du patriarcat, mais un homme noir, c'était tout de même mieux qu'un bonhomme blanc. D'autant que l'ancienne directrice, elle-même féministe canadienne-française hétéronormative, avait quitté ses fonctions dans une précipitation suspecte. Selon la rumeur, il était venu aux oreilles de la vice-doyenne qu'elle entretenait une relation avec un étudiant. Le jeune étant tout juste majeur, il ne convenait pas de parler de pédophilie, mais ça pouvait porter à confusion. Un communiqué laconique a été diffusé, révélant que la directrice partait – selon l'expression consacrée – *relever de nouveaux défis*. Quant au jeune Casanova, il a, semble-t-il, obtenu d'excellentes notes à sa dernière session.

Napoléon Cherenfant dirigeait le département d'une main de velours dans un gant de soie. Pas beaucoup d'autorité, mais une présence positive et une gestion style *hakuna matata*. Un gentil géant à la voix grave et ronronnante, dont les palabres interminables avaient la propriété de l'hypnotiser lui-même. Je l'aimais bien. La porte de son bureau était placardée d'une immense affiche du film de Dany Laferrière *Comment faire l'amour avec un nègre sans se fatiguer.*

Un contingent d'étudiants blancs comme neige en Abitibi s'était un jour plaint de son *poster*, prétextant qu'il était offensant envers les personnes afro-descendantes. Il a dégoupillé la grenade de son rire avant de la faire exploser jusqu'au fond du corridor. Je suis sorti de mon bureau pour assister au théâtre. Redevenant sérieux, le grand Napoléon s'est réclamé de la négritude d'Aimé Césaire avant de citer Toussaint Louverture d'une voix aux profondeurs abyssales: «Rendus à notre dignité primitive, nous avons assuré nos droits; nous jurons de ne jamais céder à aucune puissance de la terre.»

— Bon, maintenant qu'on a bien ri, j'ai du travail. Vous aussi, d'ailleurs: vous avez du travail en pile, les timouns.

Il les a congédiés en godillant mollement de la paume, avec la superbe d'un César. Les étudiants en sont restés émasculés de la glotte. Guillotinés de la langue, les petits Che Guevara vanillés. Incapable de débattre, l'escadron de la pureté a battu en retraite, avant de revenir arracher l'affiche à la faveur de la nuit. Cherenfant en a posé une autre, sous un Plexiglas fixé avec des vis sécurisées. Je l'ai félicité pour sa pugnacité.

En vingt-cinq ans, j'ai vu l'université opérer une lente mais inéluctable métamorphose. Pour le meilleur et pour le pire. À mes débuts, c'était un sanctuaire intellectuel où toutes les idées pouvaient être débattues dans un certain respect et avec une certaine hauteur. Au département de littérature (la littérature était singulière à cette époque), les dix-neuviémistes régnaient sans partage. On commençait à s'intéresser à la littérature québécoise pour autre chose que *Menaud, maître-draveur* et Nelligan.

Un califat de bonhommes blancs. C'est l'éminent spécialiste du point-virgule René McKay qui avait trouvé l'expression *bonhomme blanc.* J'aimais bien sa synthèse des boomers hétéronormatifs porteurs de tous les privilèges et de toutes les tares du chromosome Y. À mon arrivée, les femmes étaient minoritaires, aucune n'avait jamais dirigé le département, et Napoléon Cherenfant était le seul Noir à enseigner la littérature. On ne parlait pas plus de lettres homosexuelles que de poésie autochtone. En termes paléontologiques, on pouvait comparer cette période au crétacé, l'âge d'or des dinosaures. Tout ça a bien changé. Enfin, tout ça a changé…

Au département des littératures, en m'incluant, on comptait à ce jour exactement quatre bonhommes blancs sur vingt-six profs : René McKay, Stéphane Richard (surnommé à son insu La Pute par McKay) et Gervais Latour (dit Ti-Coq). Je me suis mis dans le lot, mais à proprement parler, je ne suis pas un bonhomme blanc : j'aurai cinquante ans dans trois ans. Trois ans avant de pouvoir joindre les rangs de la prestigieuse FADOQ et bénéficier de privilèges exclusifs tels que la livraison gratuite de l'épicerie le mercredi. Trois ans avant de devenir vieux.

La mort du patriarche Georges Bellehumeur avait sonné le tocsin pour les bonhommes blancs du département. Confit dans le goudron de ses Du Maurier, on avait cru Georges immortel. À la surprise générale, il avait fini par casser sa pipe, tout juste après la publication d'une monumentale biographie impressionniste de Roland Barthes. À quatre-vingt-deux ans. En jardinant. Ce grand diplodocus, dernier de son espèce, s'est effondré paisiblement dans un buisson de potentilles, cigarette au bec. Avec lui, c'est toute une époque qui disparaissait.

Au terme d'un épique jeu de coulisses, le bureau tant convoité de Georges avait échu à Karine Archambault, qui dirigeait alors le département d'une poigne de plomb. (C'était avant qu'elle se fasse prendre la main dans le sac d'un jeune étudiant.) Au grand dam de Stéphane Richard, qui s'était toujours imaginé que ce vaste bureau vitré lui revenait de droit divin. Il ne s'en est jamais remis.

Après Georges, un autre bonhomme blanc a levé le camp : Maxime de Vigeant. Un anarchiste, spécialiste de la littérature russe. Oui, oui, Ferdinand, un anarchiste antibourgeois avec une particule aristocratique. Ça ne s'invente pas. Forgeron de surnoms assassins, McKay l'avait précisément rebaptisé La Particule élémentaire. De Vigeant l'assumait avec vigueur et désinvolture, sa particule. Comme un Noir nommé White. Brillant, combatif, nuancé et posé, un authentique empêcheur de déblablatérer en rond. Je l'aimais bien, le camarade de Vigeant. Il est parti. Disparu. Volatilisé. La particule élémentaire a été pulvérisée par des forces universelles inéluctables. Voici comment.

Le département d'histoire avait l'habitude d'organiser des causeries sur une panoplie de sujets. Cette fois-ci, la communication s'intitulait « Pierre Le Moyne d'Iberville : des glaces de l'Arctique jusqu'au golfe du Mexique, l'épopée d'un gagnant ». La conférence était prononcée par Casimir Frigolin, un des derniers à s'intéresser à l'histoire du Québec, qui animait avec verve des émissions à la télé communautaire autour de la Nouvelle-France. Bref, un pépère-le-passé passionné de scorbut, de cabestans et de moulins à vent. Pas très menaçant. Mais un faisceau d'étudiant·e·s en sociologie du genre ne l'entendait pas ainsi.

On a su que la fosse à purin allait déborder dans le ventilo quand les affiches de la conférence ont été vandalisées à la grandeur du campus. Des inscriptions avaient été barbouillées en rouge sang. *Voleur violeur. Nationalisme = nazisme. Saint-Jean-Raciste.* Des drapeaux du Québec dont les fleurs de lys avaient été remplacées par des svastikas avaient été peints au pochoir.

Il est vrai qu'en 1688 Pierre Le Moyne d'Iberville a été reconnu coupable de rapt de séduction dans une obscure affaire de mœurs. Pour cette raison, la doxa senestre exigeait de l'université l'annulation de la conférence de Frigolin.

La contestation a pris de l'ampleur. Les radicaux libres menaçaient de perturber la tenue de l'événement. Pour eux, pas question qu'un violeur soit encensé à l'université. Comme à son habitude, le doyen a botté en touche en renvoyant le dossier à un comité *ad hoc.* Frigolin a reçu des menaces de mort sur les réseaux sociaux. On a finalement décidé d'annuler la conférence pour des motifs de sécurité.

L'affaire a fait grand bruit. Les médias s'en sont mêlés, et l'opinion publique s'est polarisée en Frigolinards et anti-Frigolinards. Ah, tu aurais bien ri, Ferdinand. Ça t'aurait rappelé ton enfance, chahutée par l'affaire Dreyfus. La même polarisation stérile. Pour ou contre : aucune possibilité de nuance. Cette fois-ci, c'était une bataille rangée entre multicuculs et nanationalistes. Tous les chiens aboyaient leur indignation, et la caravane ne passait plus.

En entrevue à la télé, le petit père Frigolin semblait complètement dépassé. Perdu dans son habit élimé, ébloui par la lumière de la caméra, il avait l'air d'un épouvantail dans les phares d'une moissonneuse-batteuse. À la jeune journaliste qui lui demandait s'il était conscient de promouvoir la culture du viol, il bredouillait avoir simplement voulu partager les faits d'armes du plus grand militaire de la Nouvelle-France. Le pauvre patinait sur des œufs, complètement étranger à la rhétorique intersectionnelle. Comme si on pouvait juger nos ancêtres en fonction de la morale contemporaine...

Sur fond de gérontophobie décomplexée, Frigolin s'est pris une bonne rossée via les réseaux soi-disant sociaux. Les jeunes diversitaires inclusifs en ont fait du hachis de petit vieux. Complètement broyé, le Casimir. *OK boomer*, tasse-toi mononc'. Sous la pression d'une pétition de deux cents noms, la télé communautaire a fini par le larguer. Finie la Nouvelle-France. Qu'on n'en parle plus. On l'a remplacée par une émission de cuisine. Les hot-dogs au tofu et la salade de grillons, c'était plus consensuel. À condition de cuisiner végé, local et bio.

Le dossier réglé, les hyènes ricanaient bruyamment leur victoire, mais commençaient à manquer de gibier à dépecer. Elles ont alors flairé le sang de Maxime de Vigeant, qui avait commis l'imprudence de publier une lettre d'opinion sur l'affaire Frigolin. En tant qu'anarchiste, il lui était intolérable qu'on muselle la liberté d'expression d'un historien. L'université, disait-il, était un lieu où les idées devaient être confrontées intellectuellement. Débattre avec la peur de se faire abattre était contraire à la liberté la plus élémentaire. Enterrer vivant le défenseur d'une idée n'allait pas faire mourir l'idée elle-même. Au contraire, c'était risquer de la faire revivre sous forme de zombie. Les idées se combattent avec des idées.

Bien que plus étoffée, cette position rejoignait celle des Frigolinards les plus conservateurs. Et c'est précisément ce que la doxa senestre n'a pas pardonné à de Vigeant : qu'un allié défende un ennemi. Pour elle, il était légitime de brimer la liberté d'expression de quelqu'un pour l'empêcher d'opprimer. D'un point de vue théorique, ça se défendait. En pratique, il aurait fallu m'expliquer comment la narration des exploits d'un corsaire au XVIIe siècle pouvait brimer qui que ce soit de sain d'esprit.

Les jeunes bâbordistes du campus se sont senti·e·s trahi·e·s par de Vigeant. Et c'est exactement comme ça qu'ils l'ont traité : en traître. À cause d'une lettre d'opinion nuancée, leur ancien prof préféré est devenu le paratonnerre de toutes leurs haines. Et Dieu sait si elles étaient nombreuses. Nul ne déteste autant que celui qui a aimé. Avec l'acharnement d'une meute sur un orignal blessé, la belle gauche tolérante s'est mise sur son cas. En tant que bonhomme blanc, il n'aurait droit à aucun répit. Un enfer, Ferdinand. L'hallali. Mais toi, tu connais. Tu t'es souvent plaint d'avoir subi la plus grande chasse à courre pendant l'épuration. Dans ton cas, tu l'avais un peu pas mal cherché. De Vigeant, lui, avait simplement voulu s'élever au-dessus des tranchées d'un débat stérile.

Car c'était bien ce dont il était question ici : après la libération de la parole, l'épuration idéologique. Une authentique chasse au sorcier. Le grand senestre poursuivait de Vigeant avec la même détermination que le Mossad traquait les vieux nazis. Et la conviction inébranlable d'être du côté des justes. Mais, justement, de Vigeant n'était pas un nazi, ni même un collabo. Il n'avait objectivement rien fait de mal. Quand on conçoit la vie comme un combat entre les bons et les méchants, sans nuance et sans doute, même les bons finissent par devenir méchants.

De Vigeant s'est fait harceler sur son téléphone. On a médit de lui sur les réseaux sociaux. On a lancé des œufs sur sa maison et graffité son auto. Une pétition pour son renvoi de l'université a circulé. Toujours sous le courage de l'anonymat. Avant chacun de ses cours, une faction cagoulée chahutait à la porte pour décourager ses étudiants d'entrer en classe. Jusqu'à ce que les gardiens de sécurité dispersent les justiciers de la vertu.

Où qu'il aille sur le campus, de Vigeant était escorté en permanence par une demi-douzaine de jeunes capuchonné·e·s. Ielles le pourchassaient en scandant cette ritournelle absurde : « De Vigeant facho ! Dehors le collabo ! » Sans arrêt. En boucle. Ils se relayaient. En tapant des mains comme dans un bivouac au camp Trois-Saumons. C'était insoutenable pour nous. J'imagine même pas pour lui…

Précédé des échos de cette aliénante litanie, on pouvait toujours savoir où il se trouvait sur le campus. Il marchait rapidement, mâchoire serrée, droit comme les I de dignité. On aurait dit un empereur et sa garde prétorienne. Les profs, on était un peu gênés. On savait pas trop quoi faire. Techniquement, les étudiant.e.s exerçaient leur liberté d'expression pour punir quelqu'un ayant exercé la sienne. La vérité, c'est qu'on avait peur de se faire lyncher nous aussi si on intervenait. Napoléon a demandé un avis aux ressources humaines.

— De Vigeant facho ! Dehors le collabo !

Il a tenu le coup pendant une semaine. Et puis un jour, il a craqué. Exactement devant mon bureau. Il s'est retourné vers sa chorale ambulante en hurlant du fond de ses poumons :

— Arrêtez ! Je vais devenir fou ! Arrêtez, s'il vous plaît !

Adossé au mur, l'anarchiste s'est liquéfié en glissant au sol, avant de pleurer en sanglots saccadés dans ses bras repliés. Interloqué, le bataillon tourmenteur a tourné les talons en un silence chargé de remords. On ne jouait plus, là. Terminé le bivouac du camp Trois-Saumons. Plusieurs profs sont sortis de leur bureau. Je me suis agenouillé pour réconforter mon collègue.

C'est ainsi que Maxime de Vigeant est parti du département des littératures. Guillotiné par l'air du temps, Ferdinand. Officiellement, il était en congé de maladie mué en sabbatique. Mais la rumeur voulait qu'il ait signé un accord avec l'université. Une sorte de démission discrète, assortie d'une compensation. En échange de quoi personne ne poursuivrait personne.

Au département, les minorités étaient maintenant en majorité. À proprement parler, les femmes n'étaient pas une minorité, mais elles exerçaient le pouvoir. Grand bien leur fasse. Dans les faits, ça ne changeait pas grand-chose. Les réunions de département étaient toujours aussi mortifères. Sinon, on comptait évidemment des gays, des lesbiennes et des personnes racisées, mais aussi deux trans et une Innue convertie à l'islam. Effrayés par l'Enfer, les Amérindiens s'étaient tournés massivement vers le catholicisme, sous l'influence de prêtres intrépides et zélés. Mais Jésus avait fait son temps en Occident. Au Québec, on l'avait foutu à la porte comme un malpropre. Le gars était fatigué; il avait la sandale usée et la barbe broussailleuse. Et on ne peut pas dire qu'il ait livré la marchandise avec les Autochtones. Dès lors, fallait-il s'étonner que ces derniers aient envie d'aller voir ailleurs? Beaucoup plus dynamique, porté par la jeunesse et soutenu par une gauche xénophile, l'islam avait le vent dans les voiles. Après la trahison des pensionnats, on pouvait comprendre les Premiers Peuples d'être tentés par le pari de Pascal, version Mahomet. En soi, ce n'était ni bon ni mauvais; c'était dans l'air du temps.

Je ne portais aucun jugement moral sur la diversité départementale, si ce n'est que tout le monde restait replié dans son coin à étudier et à glorifier la proposition littéraire de sa spécificité. Finie la littérature qui avait pour ambition d'embrasser la nature humaine dans sa globalité. D'un point de vue social, on avait renoncé à l'union de la relativité générale et de la mécanique quantique. C'était dorénavant l'atomisation de l'expérience humaine en nanoparticules.

Je m'accommodais très bien de mon nouveau statut de minoritaire. Le monde avait changé. Les dinosaures avaient disparu. Les mammifères régnaient sans partage. Pleurnicher sur le bon vieux gai temps n'y changerait rien. J'en prenais acte. Avec le détachement d'un lézard.

Ce n'était pas le cas de tous les bonhommes blancs. La plupart de mes congénères avaient du mal à gérer leur rétrogadation. Aucune espèce n'est programmée pour se réjouir du rétrécissement de sa niche écologique. Les réactions suivaient les étapes du deuil et variaient de la colère à la dépression, en passant par le déni. Au département, j'avais tendance à me rassembler instinctivement avec les trois derniers bonhommes blancs restants : Stéphane Richard, Gervais – Ti-Coq – Latour et René McKay.

Dans les réunions de département, on s'assoyait toujours au fond. Sans y penser, on se retrouvait souvent ensemble. On allait parfois boire des bières dans une taverne loin dans l'est, où l'on était sûrs de ne pas croiser d'étudiants. Une sorte de refuge. Au sens animalier. Le retour de la taverne comme *safe space* des bonhommes blancs. C'était en vérité un parc jurassique. Un enclos où broutaient paisiblement les derniers spécimens de créatures d'un autre âge, inadaptées à la nouvelle ère.

Nos réunions avaient quelque chose de touchant, de pathétique, au sens premier du terme. À l'abri de l'opprobre et des jugements bien-pensants, la parole du bonhomme blanc se libérait. Mené par Stéphane Richard, le réquisitoire contre l'air du temps sombrait dans l'apitoiement au fur et à mesure que les bières descendaient. Cette fois-ci, c'étaient les étudiants.

— On ne peut plus rien leur dire. Ils surveillent tout ce qu'on dit. Ils me bassinent parce que mon plan de cours n'est pas rédigé en langage épicène.

Le cynique McKay est intervenu.

— Le problème avec l'écriture (il mimait des guillemets) *inclusive*, c'est qu'elle dénature le français dans sa structure. Par nature, le français n'est pas neutre. Il faut accepter ses mots féminins et masculins sans en faire une guerre des genres à tout prix. Une sentinelle. Une corneille. Ça peut très bien être masculin. Si on veut absolument une langue neutre, autant *switcher* à l'anglais.

Richard en rajoutait :

— Corriger l'écriture inclusive, c'est l'enfer. Un sabir indéchiffrable. Ielle(s), les élu·e·s départementaux·ales... Les celleux... Les ceuses ? Ça me prend quatre fois plus de temps par copie.

— La seule chose que l'écriture inclusive n'inclut pas, c'est le style. C'est lourd, c'est lourd... Crisse que c'est beige. C'est pus de la littérature, c'est des documents de la Ville de Montréal.

Richard et McKay se relançaient sans vraiment s'écouter. Ti-Coq clavecinait sur son téléphone, complètement étranger à la discussion. Moi, je suivais tout ça comme un match de tennis.

— Il y en a une qui me reprend chaque fois que je dis *auteure* au lieu d'*autrice*.

Je n'ai pas pu m'empêcher de noter qu'*autrice*, ça manquait d'hauteur. Personne ne s'écoutait. Un quatuor de solitudes rancies. Richard a continué sa confession. Il n'acceptait pas son déboulonnement et ruminait sa déchéance avec une sourde agressivité. Vieillir, c'est sentir s'effriter les prises que l'on croyait avoir sur le monde.

— C'est rendu que je pense tout le temps, non pas à ce que je vais dire, mais comment je vais le dire.

Est-ce que ça va offenser quelqu'un ? Est-ce qu'on peut encore dire ça? C'est la Gestapo des mots. L'autre fois, je parlais du génie d'Alexandre Dumas. J'ai eu le malheur de spécifier qu'il était mulâtre. C'est comme si une bombe avait explosé dans la classe. Une étudiante m'a interrompu : « Ça, c'est *so wrong*, monsieur. *Mulâtre*, c'est péjoratif. On dit *métis*, maintenant. »

— Techniquement, elle a raison. *Mulâtre*, c'est pour les mules.

— Je m'en crisse qu'ils aient raison ! Je suis pas raciste. Je l'ai jamais été, je le serai jamais. Il n'y avait aucune intention raciste dans mon commentaire ; au contraire, c'était un hommage à Dumas. Un moment donné, il va aussi falloir considérer l'intention de l'émetteur, pas seulement le ressenti du récepteur. Ah, pis je peux juste pus supporter leur condescendance. À vingt ans, ils sont tellement convaincus d'être du bon bord de la barricade de la vertu. Ces apôtres de la tolérance, ils nous traitent en vieillards fossilisés. « Va falloir vous éduquer, monsieur... » Voyons, câlisse ! J'ai cinquante-neuf ans. Je veux bien être sensibilisé, ou même conscientisé, mais éduqué par des enfants, non. Désolé.

Il cherchait en vain mon assentiment :

— T'es pas tanné de te faire dire *OK boomer* chaque fois que t'essaies d'argumenter avec eux ?

J'essayais de dédramatiser.

— Bah, c'est le propre de la jeunesse de répudier ses aînés.

McKay était avec moi sur ce coup.

— Les boomers ont fait pareil en 68.

Dépité, Stéphane a siphonné le reste de sa bière, signifiant qu'il baissait pavillon. Il avait eu de belles heures au département, mis sur pied et dirigé une chaire de recherche en littérature et nouvelles technologies. Il intervenait régulièrement comme expert dans divers médias, surtout à Radio Bla bla bla. Fier de sa personne, il ne répugnait pas à brader ses idées au plus offrant. D'où son surnom de La Pute. Mais ses idées avaient vieilli, et plus personne ne voulait de lui. Il n'était plus qu'un vieux péripatéticien empâté et calvitieux, qui arpentait en vain des trottoirs conceptuels tout craquelés. Plus de clients. Radio Bla bla bla ne sollicitait plus ses avis dépassés. Lui, l'intellectuel si loquace, samouraï du commentaire et de l'analyse, évincé de sa chère radio d'État. Castré du micro. Terminés, les feux de la grande ville. *Flushé* dans les profondeurs du Saint-Laurent, l'étron. Qu'il aille se dissoudre dans le golfe, au large de Natashquan.

René McKay n'était pas en reste. Pendant la grève étudiante, il avait entamé une liaison avec Valérie, une prof féministe à souhait, qui s'est bien amusée avec lui avant de le larguer comme un Kleenex. Il ne s'en était pas encore remis. Il n'avait jamais été très épris de sa personne, mais là son débraillement était houellebecquien. Pas rasé, le cheveux filandreux, l'œil fané, le bide amorphe, la chemise en berne, il pavanait sa négligence. Sa posture affaissée était tout à fait conforme à son pessimisme. René McKay avait tout simplement renoncé. Il dévalait à tombeau ouvert le versant de la vie qui mène au gouffre de la vieillesse.

McKay a rempli le verre de Richard en prenant le crachoir. Le pichet, c'était le bâton de parole d'une tribu déchue. La tribu des bonhommes blancs qui régnait jadis sur le monde. Maintenant décimée et raillée.

— Moi, j'ai réglé ça. Je leur dis qu'en matière de langue mon âge me confère un droit acquis et qu'ils font de la gérontophobie s'ils me contredisent. En général, ça leur ferme la gueule. S'il y a une chose qu'ils craignent plus que tout, c'est de paraître intolérants. Ils sont devenus phobophobes.

Ses yeux regardaient bégayer un néon Budweiser. D'un ton détaché, presque rêveur, il poursuivait sa litanie.

— C'est une révolution, mes amis. Et, par essence, la révolution ne s'embarrasse pas de nuances. Elle est vouée à une inévitable spirale de radicalisation qui, forcément, durcit les positions et élimine les modérés. Pour citer Vergniaud: «La Révolution est comme Saturne: elle dévore ses propres enfants.» Le bon peuple a faim de pouvoir, et c'est nous les aristocrates. Terminées les perruques et la poudrerie des bonhommes blancs. Il faut renoncer à nos privilèges dans la contrition, sous peine de se faire guillotiner. Tant pis pour nous.

Richard s'est braqué.

— Quels privilèges? Mon père a travaillé toute sa vie dans une usine de clous. Je me suis endetté pour étudier. J'ai fait mon doc avec deux enfants à charge. Je me suis fait rincer dans mon divorce. Ça fait trente-quatre ans que j'enseigne du mieux que je peux. J'ai publié. J'ai dirigé des doctorants. J'ai diffusé mes connaissances dans la cité. J'ai fait tout ce qu'on attend d'un prof d'université. Ma pensée est encore valable. Mais j'ai plus une ostie de subvention pour mes recherches. Soi-disant, l'univers des nouvelles technologies est trop *blanc*. Probablement pour m'humilier, mais peut-être aussi parce qu'elle voulait *m'éveiller* et *m'éduquer*, Marie-Claude m'a proposé de participer à sa recherche «De Jos Violon à Séraphin Poudrier: cent ans de blantriarcat dans la littérature québécoise». Sérieux, où est-ce qu'on est rendus?

Saisissant la balle au bond, McKay a cogné la conversation dans le champ gauche.

— La gauche a tout raté. Au XXe siècle, elle s'occupait de la classe moyenne et des travailleurs.

Elle n'en a maintenant que pour les minorités raciales, sexuelles et religieuses. Ça laisse 80 % du bon peuple orphelin. Et un orphelin carencé affectivement peut se jeter dans les bras du premier venu, y compris l'extrême droite.

Voyant que personne ne le relançait, McKay a continué.

— Il faut revenir à Marx. Le racialisme occulte la véritable lutte des classes. On ne peut pas toujours voir le monde en noir et blanc. Objectivement, un Blanc sur le BS est moins libre qu'Oprah Winfrey, Barack Obama, Michael Jordan ou Denzel Washington. Il faut combattre la pauvreté et l'exclusion, peu importe la couleur.

Il n'avait pas tout faux, mais ça partait dans tous les sens. Alors que McKay étalait ses analyses avec fatalisme, Stéphane Richard pataugeait en plein désarroi. Il regardait avec amertume le monde lui glisser entre les doigts. McKay a voulu lui servir un verre, mais le pichet était vide. Richard s'est retourné en direction de la jeune serveuse. Elle était occupée à exposer son milliardième *tattoo* devant une poignée de vieux débris, épaves en rade au comptoir, à l'haleine de bayou et au foie tuméfié. Stéphane a sémaphorisé son impatience. Presque à contrecœur, elle est venue vers nous en soupirant comme une forge. Richard a murmuré :

— On dirait qu'on la dérange. Authentique service millénarial de marde.

La serveuse a ramassé le pichet avant de s'adresser à nous comme une monitrice au camp de jour Père-Marquette.

— Est-ce qu'on allait reprendre autre chose ?

Avec une ironie dont il avait breveté la recette, McKay lui a répondu, le plus sérieusement du monde :

— Assoiffés comme nous l'étions, il aurait en effet fallu que nous reprissions autre chose.

La serveuse est repartie avec le pichet vide et son mépris bien rempli. McKay bougonnait.

— C'est quoi l'idée de l'imparfait et du pronom indéfini ?

J'ai répliqué :

— Techniquement, c'est un usage vieillot, mais correct quand un commerçant s'adresse à un client. L'atténuation de l'imparfait est une forme de politesse. Ça s'appelle l'imparfait forain.

McKay n'en démordait pas :

— Forain, mon cul ! C'est pas de la politesse, c'est de l'ignorance. *Allez-vous prendre autre chose ?* Futur simple, deuxième personne du pluriel : c'est pourtant pas compliqué. Mais qui leur a appris à conjuguer ?

Il a cherché notre approbation du regard, avant de réaliser qu'on était tous profs de français. Le pichet est arrivé. L'or liquide a coulé dans les verres, et Nuremberg a repris. Richard et McKay siégeaient au tribunal des vieux monsieurs, et les jugements tombaient, sans appel. Après les jeunes, ça allait être au tour des femmes. C'était inévitable. Richard se lamentait à propos d'un documentaire sur les ours polaires, qu'il jugeait anthropomorphiste et tendancieux.

— Je vous jure, on prêtait à la femelle des qualités comme le courage, la bonté et la loyauté, alors que le mâle était dépeint comme traître, agressif et menaçant pour ses enfants. Les féministes investissent maintenant le règne animal.

— Le problème, c'est quand on commence à faire de la sociologie à partir de psychologie. C'est pas parce qu'on a eu une expérience personnelle malheureuse qu'il faut en tirer une théorie généralisée.

Tout ça commençait à devenir lassant. J'ai tenté d'insuffler de l'hélium à la discussion en improvisant le « Chant du bonhomme blanc » sur l'air du « Poète des temps gris » de Daniel Boucher.

Assis tout seul au fond du champ
Le bonhomme blanc chantonne son chant
Asteure, y est tout le temps dans le champ
Y s'ennuie du bon vieux gai temps
Ben ouiiiiiiiii
C't'était donc mieux avant

Je chantais fort, avec cœur et dérision. Juste pour rire un peu. Mais l'époque manquait furieusement d'humour. Où s'en était-il allé, celui-là ? Écrasé par la gravité. La moitié du monde était constamment indignée. Et le reste s'indignait de l'indignation de l'autre moitié. Et tout ça, toujours au premier degré, sans légèreté, sans jamais rigoler. Toi aussi, tu trouvais les hommes pesants, Ferdinand. « Ils sont lourds… » Voilà ton résumé de l'humanité. Si ça se trouve, c'était encore pire aujourd'hui. Avec la lourdeur du monde actuel, Atlas n'aurait jamais pu soulever la Terre.

En ce moment même, Richard et McKay me regardaient avec dépit, incapables de sourire à ma proposition artistique. J'ai arrêté de chanter. En retrait sur les lignes de côté, Ti-Coq n'était absolument pas concerné par la conversation. Il surfait sur un site de rencontres. Attablé à ma droite, il m'a tendu son téléphone.

— Regarde ça. Trente-deux ans. Joanie. Agente de bord. Sûrement un faux profil… Je me demande pourquoi les faux profils sont presque toujours des hôtesses de l'air… Mais je perds rien à lancer une ligne à l'eau.

Il a pianoté un *Salut, tu es très jolie,* avant de passer à d'autres profils. Ti-Coq avait paramétré sa fourchette d'âge entre vingt-cinq et cinquante-cinq ans. Lui-même cinquantenaire, petit tonneau compact, cheveux bouclés teints en noir comme une vedette rock qui refuse de vieillir, il avait accès à bon nombre de propositions au-dessus de sa ligue.

Probablement le plus mauvais prof du département. Peu cultivé, pas curieux, pas vraiment intelligent. Il enseignait Nelligan sur le pilote automatique depuis vingt-cinq ans. Mais il avait un avantage sur nous tous : il ne se prenait pas la tête. Toutes ces jérémiades de bonhommes blancs lui passaient par-dessus la marmite. Et ça, les femmes aimaient. Éternel célibataire, jamais marié, il avait toujours couraillé jusqu'au bout de la nuit.

Il m'a pointé son téléphone.

— Tu devrais t'y mettre, Achille. Y en a vraiment pour tous les goûts.

Richard et McKay s'enfonçaient dans la spirale de leur déprime. Toi aussi, Ferdinand, tu meuglais beaucoup à la fin à Meeuuhhdon... Ah, la vache... Ah, les Juifs... Ton éditeur... Les Boches... Toujours les autres. Pauvre petit toi... Et ta Lucette, Ferdinand? T'es-tu déjà demandé comment elle a fait pour supporter inconditionnellement ton chialage supersonique? Elle t'a suivi partout dans tes plans foireux. En Allemagne, avec les collabos. Dans ta geôle au Danemark. Et enfin à Meudon, avec ta ménagerie aboyeuse, où c'était pas les chiens qui jappaient le plus fort. Elle n'a jamais regimbé. Jamais dit un mot. À Sigmaringen, elle dansait pieds nus sur les parquets glacés du château pendant que de Brinon s'imaginait gouverner la France à coups de fanfares et de drapeaux. Elle a tout enduré, ta Lucette: le froid, la faim, la guerre, les poux et surtout, ton râlage et tes atermoiements. Il fallait que ce fût une sainte. Elle mériterait d'être canonisée. Sainte Lucette, patronne des vieillards rancis en veste de laine.

À ma table, Richard et McKay poursuivaient le procès. Appelé à la barre, l'Occident, rien de moins. Stéphane plaidait, les yeux perdus dans les bulles de sa bière.

— L'Occident est condamné. Comme tous les empires. Il est né, a grandi et va disparaître. C'est inéluctable. La question est de savoir combien de temps va durer son agonie. Nous aurons été dans la queue de la comète.

Le procureur McKay en rajoutait.

— Le déclin de l'Occident sera marqué par sa contrition. À cause de son ADN judéo-chrétien culpabilisant, l'Occident est condamné à s'excuser. La Chine ne s'excuse pas. La Russie ne s'excuse pas. L'islam ne s'excuse pas. L'Occident va disparaître en s'excusant d'avoir été.

Toi, la contrition, Ferdinand, c'était pas ton fort. Tu l'as écrit texto dans *D'un château l'autre*: «Je suis l'homme qu'ai le plus raison d'Europe.» Sans aucune ironie. La seule parcelle de regret que j'ai trouvée dans ton discours, c'est dans la préface de la réédition du *Voyage* en 1949 : «J'ai trop fait naître de malfaisances.» Voilà en effet l'aveu d'un obstétricien maudit. Encore là, l'admission est en demi-teinte, ténue, alambiquée. Au bout du compte, tu n'as jamais renié tout le mal que tu as dit des Juifs. C'eût été si simple de plaider l'errance et de te repentir. Mais tu as cru jusqu'au bout que ta judéophobie était justifiée par la nécessité d'empêcher la guerre. Pacifiste enragé, tu te percevais comme une chienne de traîneau qu'on aurait dû remercier d'aboyer devant l'abysse. Ô délire… Désolé de te le balancer comme ça, Ferdinand, mais tu étais fou à coffrer. Tu as parcouru l'Europe pour échapper à l'épuration. En vérité, tu aurais pu plaider l'aliénation mentale pour te sauver du peloton. Une belle chambre matelassée dans l'asile de Baryton. C'est là que tu aurais dû finir. On a interné Nelligan pour moins que ça…

Richard et McKay commençaient à tanguer sérieusement, la diction s'avachissait, et la pensée s'empâtait. Le visage bleui par le halo de son téléphone,

Ti-Coq *swipait* les profils féminins comme un vieux pro, indifférent au réquisitoire qui se poursuivait, sur l'immigration massive cette fois. C'étaient des plaidoyers emmêlés d'ivrognes sans écoute. Sans interaction. Une fugue superposant deux Céline soliloquant leurs malheurs chacun dans son coin. Deux vieillards rancis en veste de laine.

Moi, je ne voulais pas devenir un vieillard ranci en veste de laine. C'est Ti-Coq qui avait raison : il me fallait une femme avec qui partager le fardeau de l'existence.

Ça me prenait toujours quelques jours avant de me remettre d'une réunion du Parc jurassique. J'en ressortais invariablement morose et amorti. Chaque fois, je me promettais d'arrêter. Même si elle pouvait être divertissante, la pesanteur de Richard et McKay m'entraînait vers le fond. Vrai que la déprime, c'était ma pente naturelle, mais je refusais de moissonner le regret. À partir d'un certain âge, il faut redoubler d'énergie pour remonter à contre-courant la rivière de ses travers.

Heureusement que j'avais mes enfants. Mes chers enfants. Si beaux. Si pleins de futur. Comme tous les enfants de la Terre. On ne peut pas être pessimistes quand on a des enfants. Il faut forcément avoir foi en l'avenir. C'est en cela qu'ils m'étaient le plus précieux. Ils m'empêchaient de basculer du côté obscur de la Force. Je ne voulais pas finir comme l'empereur Richard et Darth McKay.

Samedi matin, comment être déprimé quand ma belle Flavie venait me réveiller sur la pointe des pieds, en me proposant de regarder des vidéos satisfaisantes. Pendant que le grand Léo dormait encore, je sortais mon ordi, et on s'installait côte à côte dans mon lit. On ne voyait plus le temps filer, à contempler des montages apaisants de potiers dont les mains glissaient dans la glaise, des souffleurs de verre qui semblaient sculpter des bonbons et des machines industrielles découpant du métal à la chaîne. Ma fille commentait et analysait tout sans filtre. À hauteur d'enfant, elle observait le monde d'un angle inédit, s'émerveillant des détails de l'existence qui passaient sous mon radar d'adulte blasé.

Ensuite, on se régalait des exploits ratés des héros du Web. Les soldats de la *Fail Army* menaient sans relâche un combat contre la morosité du monde. Le réservoir de la bêtise humaine était sans fond. Chaque semaine, YouTube recevait un nouvel arrivage de foirages tous plus épiques les uns que les autres. On ne se lassait pas de revoir un grand maigre saoul mort qui, au cœur d'un festival musical, titubait pendant deux bonnes minutes à essayer d'insérer son pied dans sa sandale.

Et alors éclatait le rire de ma fille. Flavie, Flavie… J'avais beau avoir trop bu la veille et manquer de sommeil, son rire me lavait de tous mes maux. Clair et franc. Cascade de jouvence cristalline. Pure bonté acoustique. Trame sonore de la vie palpitante et lumineuse. Baume d'espérance sur mon cynisme de vieux monsieur. Promesse que tout n'était pas que décombres dans ce monde injuste et inutile. Le rire d'un enfant, c'est le salaire des parents. Et, au plus profond du marécage de la dépression, le rire d'un enfant peut être un garde-fou contre la tentation d'en finir.

Le rire de Flavie, il aurait fallu l'enregistrer et le diffuser en boucle à travers des haut-parleurs dans la ville et au *Téléjournal*.

Je parlais beaucoup avec ma fille. Quand je la sentais préoccupée, je creusais un peu, et elle finissait par tout déballer. Il était souvent question de la cruauté de ses consœurs de classe. On se moquait de ses lunettes. Une amie lui avait confié ne plus pouvoir jouer avec elle sous peine d'être ostracisée par les filles les plus populaires. Une autre jalousait sa minceur en la traitant de mal nourrie. Toujours par en dessous.

Jamais frontalement. Régulièrement, ma fille rentrait de l'école avec un poignard planté jusqu'à la garde dans son petit dos. Et jamais d'empreintes sur le manche. Difficile de mener l'enquête. On ne pouvait pas soupçonner le patriarcat. L'école primaire était essentiellement une affaire de femmes et les petits gars jouaient entre eux au ballon. Dès leur plus jeune âge, la méchanceté des filles entre elles était certainement dans l'angle mort du féminisme.

Comme père, je ne savais pas trop quoi faire. J'avais beau rencontrer les profs et les éducatrices, elles ne pouvaient pas grand-chose contre le venin de la médisance enfantine. Il me venait alors des envies de justice sauvage. Débarquant dans la cour d'école, j'alignais les petites vipères sur l'estrade et je leur hurlais d'arrêter d'écœurer ma fille. Avec chacune une bonne torgnole aller-retour. Évidemment, c'était pas une bonne idée. N'empêche…

Je pourrais arrêter un train à mains nues pour sauver ma fille. Je lui donnerais un rein sans hésiter. Je pourrais mourir pour elle. Je pourrais même tuer pour elle. Mais je ne pourrais jamais être son ami dans la cour de récréation.

Je n'en avais jamais assez de ma Flavie. Tous les soirs en la bordant, couché dans son lit, je lui demandais de me raconter sa journée. Elle me confiait ses désirs, ses rêves, ses peurs et ses peines. Un soir, elle m'a tué. Je lui ai demandé ce qu'elle avait fait pendant la récréation. Elle m'a répondu tout bonnement :

— J'ai joué au ballon.

— Avec qui ?

— Toute seule. Quand personne veut jouer avec moi, je lance le ballon contre le mur et je le rattrape. Je me pratique pour quand quelqu'un voudra jouer avec moi.

Mon cœur a cessé de battre. Fendu en deux, comme un arbre foudroyé. Je suis mort pendant deux secondes, le temps de l'imaginer faire le tour de ses camarades, avec un ballon tendu comme une offrande, essuyant un refus après l'autre, avant de se résigner à s'amuser toute seule au milieu d'une cour d'école bourdonnante, où tout le monde avait un ami. Je la voyais lancer et rattraper le ballon, avec l'espérance que quelqu'un se joindrait à elle. Jusqu'à ce que la cloche la délivre de sa solitude.

J'ai serré ma fille à l'en étouffer.

— Moi, si j'avais ton âge, je voudrais tout le temps jouer avec toi. T'as tellement des bonnes idées.

— Moi aussi, je voudrais jouer avec toi. Tu serais mon meilleur ami.

— Je vais toujours être là pour toi. Tu le sais, hein ?

— Oui.

Elle a fermé les yeux et s'est endormie, apaisée, s'en allant, comme Alcide, « tutoyer les anges » dans les replis de la nuit.

Mon passage préféré du *Voyage*, c'est justement quand Bardamu apprend qu'Alcide s'occupe de sa petite nièce orpheline. Comme la plupart des primates qui nous entourent, Alcide est un lourdaud insipide. Mais toi, Ferdinand, tu en révèles l'entière générosité, d'autant plus admirable qu'elle est anonyme et tout en abnégation. Et Bardamu et nous en restons bouche bée, honteux de n'avoir pu soupçonner tout ce qu'une enfant pouvait générer de sacrifice et de bonté chez le plus ordinaire des hommes. « Alcide évoluait dans le sublime à son aise. […] Il me dépassait tellement par le cœur, que j'en devins tout rouge. » Ça, c'est ce que tu as écrit de mieux, Ferdinand. Des mots qui font frétiller les vertèbres chaque fois qu'on se les met en bouche. Ceux que j'ordonne d'aller lire à tous ceux qui ne connaissent de toi que ton soufre de dragon.

Parce que oui, c'est fatigant, des fois, de t'aimer, Ferdinand. Il faut convaincre les autres, mais aussi soi-même, que tu n'étais pas qu'un vociférateur frénétique. Mais je vais continuer de convaincre. Et les autres, et moi-même. Car au cours de ton *Voyage*, Ferdinand, il y a des mots si beaux que je ne pourrai jamais complètement désespérer des hommes.

Mon grand Léo, lui, c'était autre chose. À quatorze ans, ce qu'il redoutait le plus, c'était que je lui fasse honte devant ses amis. Il faut dire que j'étais passé maître en la matière. Quand je le *coachais* au hockey, il prenait toujours un temps fou à se déshabiller, placotant tout en sueur dans un remugle de bergerie. Surgissant dans le vestiaire, je menaçais alors de daber ou de flosser devant ses coéquipiers.

— Allez-y, monsieur. Flossez.

Devant les encouragements de ses amis, je tendais les bras et je basculais une hanche, prêt à osciller frénétiquement de ridicule. Déjà rougies par l'effort d'une pratique intense, les joues de mon gars s'empourpraient d'une honte anticipée. On aurait dit un coucher de soleil africain. Jamais vu un joueur enlever son équipement aussi vite.

Le *dab* et le *floss*, Ferdinand, c'étaient des affaires de jeunes, des chorégraphies de bras, apparues sur les réseaux sociaux, diffusées sur les jeux vidéo et ringardisées dès que les parents s'y sont mis. Mais toi, tu aurais peiné à faire tous ces mouvements avec ta blessure de guerre. Le *floss*, ça demande toute une coordination de gymnaste pour se déhancher et balancer les bras à contresens. De toute façon, je ne t'imagine pas flosser en veste de laine devant Pétain faisant sa promenade à Sigmaringen. Par contre, le *dab*, qui consiste en un hochement de tête dans le creux d'un coude, aurait certainement constitué une excellente réponse au salut nazi.

Sinon Léo, c'était un bon petit gars. Devenu ado exactement le jour de ses douze ans. En une nuit, sa voix a baissé de deux octaves, et il a eu besoin de quatorze heures de sommeil. Très secret. Trop secret. Il fallait lui arracher chaque mot de la bouche avec une barre à clous. L'année passée, Ti-Coq était passé me voir à mon bureau. Il avait appris sur Instagram que mon fils avait rompu avec sa blonde et me demandait si j'étais au courant. Je ne savais même pas qu'il avait une blonde.

Au retour de vacances de Noël moroses chez mes parents, mon fils macérait dans son lit, enfoncé dans les sables mouvants d'Internet. État végétatif. Humeur de marde. Il recommençait l'école le lendemain et il en avait autant envie que de se faire fraiser une dent à froid. Je l'ai approché avec toutes les précautions d'un dompteur de fauve. Je voulais l'entretenir à propos de son attitude désagréable chez mes parents. Globalement, il avait été aussi actif qu'une roche et aussi avenant qu'une porte de prison. Pas particulièrement poli avec les adultes. Particulièrement impatient avec sa sœur. Il a argumenté, comme toujours, soutenant qu'une grippe lui était tombée dessus juste avant le réveillon. Comme toujours, je contre-argumentais. Il se refermait, entortillé dans ses draps et dans sa logique. Et puis, acculé dans ses derniers retranchements, coincé derrière la barricade, il a flanché. Son beau visage s'est déconstruit. Sa mâchoire envoyait du morse en silence. Il me regardait franc dans les yeux. Les siens se sont brouillés de larmes. Le barrage cédait.

Mon grand de quatorze ans. Plus tout à fait un enfant, pas encore un homme. Il pleurait comme un ti-cul. Ses maigres épaules étaient secouées de spasmes. Preuve que ça n'allait pas, il me laissait lui flatter les cheveux.

— Qu'est-ce qu'il y a, mon bonhomme?

— Rien.

Un coffre-fort. Blindage triple épaisseur. Acier trempé. Résistant au feu. Étanche à l'eau. J'ai sorti ma perceuse. Et j'ai commencé à forer.

— Tu sais, garçon... tu peux me parler. Qu'est-ce qui va pas ?

— Rien.

Il s'est retourné pour pleurer à son aise. Il avait sa dignité de petit homme. J'en avais le cœur tout à l'envers, retourné comme un gant. Je continuais de lui flatter le dos.

— C'est-tu moi ? J'ai-tu fait quelque chose ?

— Ben non.

— Ta sœur ? Ta mère ? Tes amis ?

Quels amis ? Il n'en invitait jamais à la maison. Ils se retrouvaient virtuellement pour jouer en ligne à des jeux de tir abrutissants.

— Non.

— C'est quoi d'abord ?

— J't'écœuré.

Je continuais à forer. Inlassablement.

— Mais encore ?

— L'école... J't'écœuré de l'école.

Ma perceuse avait rejoint le mécanisme d'ouverture du coffre.

— Comment ça, t'es écœuré de l'école ? T'as eu deux semaines de vacances. Te fais-tu intimider ?

— Mais non... J'ai pas de motivation.

Clac ! La porte du coffre-fort s'ouvrait enfin.

— Comment ça, pas de motivation ? T'es brillant. T'as une bonne mémoire. C'est sûr que tu pourrais être meilleur en français, mais quand tu travailles t'as des bonnes notes.

— À quoi ça sert, le français ? C'est rempli d'exceptions. À quoi ça sert de mettre un X à *hibou* au lieu d'un S ? Pourquoi *chaise* c'est féminin, et *fauteuil* c'est masculin ? Y a pas de logique. L'anglais, c'est ben plus simple.

Là-dessus, je ne pouvais pas lui donner tort. Tout l'anglais se conjugue en ajoutant un S à la troisième personne. Pas de genre. Alors que les exceptions en français sont majoritairement le fruit d'erreurs recopiées par des moines au Moyen Âge. Même s'il s'exprimait correctement (du moins en ma présence), mon fils n'avait aucun appétit pour le français. À part l'endos des boîtes de céréales, il ne lisait pas. L'entièreté du monde entrait dans sa vie par le chas de son écran, à coups de vidéos d'une longueur maximale de dix minutes. Dans ces conditions, comment espérer qu'il termine un roman ? Pour un prof de lettres, c'était très confrontant. Il poursuivait son réquisitoire.

— À quoi ça sert, l'art plastique ? À quoi ça sert, les sciences ?

À quoi ça sert ? En effet. Il me remettait dans la face la pertinence d'une instruction basée sur l'écriture et le papier dans un monde devenu virtuel. Sur YouTube, ses modèles étaient des ados analphabètes devenus millionnaires en faisant du *skate*, du rap ou des vidéos drôles. J'ai tenté de faire valoir qu'il pourrait dessiner son propre *skate* en arts plastiques et que la connaissance des lois de la physique pourrait l'aider à faire pivoter sa planche. Il a ri. Un petit hoquet sarcastique, mais un rire quand même. Au moins, il ne pleurait plus. On parlait. Il se confiait. À moi. Et moi à lui. Moi non plus, je n'avais pas toujours trouvé l'école très stimulante.

Sans le savoir, mon fils pensait exactement comme toi, Ferdinand, quand tu écrivais à ta fille Colette : « Il faut que tes enfants apprennent la boxe et les langues étrangères. Le reste ne sert à rien. » Peut-être que c'est Léo et toi qui avez raison, au fond. Peut-être que l'école, ça sert à rien. Et les profs non plus, donc.

— Qu’est-ce que tu dirais qu’on aille faire de la boxe dans un gym latino ?

— Euh, non… Pourquoi ?

— Oublie ça.

Chaque jour, quelque part entre Mars et Vénus, la Terre faisait sa petite révolution tranquille. Vingt-quatre heures pour tourner sur nous-mêmes en rond. Le monde suivait son cours et les étudiants aussi. Toujours aussi mauvais. Aussi incultes. Aussi paresseux. Aussi peureux. Incapables d'envisager qu'une idée extérieure vienne heurter leurs convictions érigées en cathédrale de cristal. Ensilés dans leurs certitudes, agglomérés dans leurs algorithmes, ils ne doutaient plus. Pas tous, heureusement, mais certain·e·s.

Il y avait de tout dans un bac en littérature. Plusieurs caressaient des ambitions littéraires. Toi, Ferdinand, le médecin autodidacte, tu te serais bien moqué d'eux. Comme si on pouvait apprendre le génie dans un auditorium irradié aux néons. La plupart étaient là parce qu'ils ne savaient pas trop quoi faire de leur po…ésie. Pour passer le temps, tout en accumulant des crédits. Et parce qu'ils aimaient bien lire. Fallait leur donner ça, Ferdinand : mes étudiants détonnaient de leurs congénères en ce qu'ils adoraient lire. Ils avaient beaucoup lu pour leur âge et ils étaient capables d'en prendre. On pouvait leur balancer *Du côté de chez Swann* et *Belle du Seigneur* à lire avant la mi-session sans qu'ils regimbent.

Des lunettes, des *tattoos*, des petites barbes, des looks androgynes fabriqués dans les mêmes friperies. Ils voulaient tellement être différents qu'ils finissaient par se ressembler. Dans cette macédoine, je me souviens particulièrement d'un quatuor qui ressortait du lot. Trois gars, une fille. Cravates, tailleur. Cheveux gelés, dents bicarbonatées. Toujours impeccables. Toujours assis en avant à pianoter des notes sur leur portable. Tous étudiants en droit. Et, maintenant que je me rappelle, tous blonds.

Je ne comprenais pas trop ce qu'ils foutaient dans un cours sur Céline. En quoi ta petite musique les aiderait à mieux plaider, Ferdinand ? Mais ils démontraient une qualité d'écoute irréprochable et une envergure intellectuelle indéniable.

Pas comme cette fille de Rimouski avec des *dreads*. En début de session, alors qu'on commençait le *Voyage*, elle était venue me demander une lecture alternative, prétextant qu'avec tous ces mots en N, le passage sur les colonies était trop dur à lire. Trop raciste. Comme si refuser de lire sur le racisme colonial allait effacer l'histoire. J'ai répondu qu'il n'y avait pas d'alternative à Céline et que les Juifs parlaient encore de la Shoah, justement pour entretenir la mémoire et assurer que l'horreur ne se reproduise plus. Elle a persisté : c'était une microagression qui heurtait son ressenti. Elle est allée pleurnicher au directeur du département. De guerre lasse, sur les conseils de Napoléon, je l'ai finalement exemptée du *Voyage*. Elle est restée à quai avec *L'étranger*, pendant que les autres découvraient le plus grand roman jamais écrit en français.

T'aurais fait quoi, toi, Ferdinand, avec des patients qui auraient sans arrêt contesté tes diagnostics ou récusé tes remèdes ? M'est avis qu'ils se seraient ramassé une volée de bois vert, une brique et un fanal en pleine poire assez vite, merci. « Ah, vous ne croyez pas en la pénicilline ? Eh bien, rigodonnez sur votre infection. Vous démentez l'efficacité d'un sirop ? Eh bien, toussez jusqu'à vous déplanter les bronches. Vous refusez la suture d'une plaie purulente ? Eh bien, gisez dans votre gangrène. » C'est ce que tu leur aurais répondu, à bon droit, à ces impertinents patients. Mais moi, je ne pouvais pas simplement laisser l'ignorance infecter mes étudiants. À bien des égards, le serment d'Hippocrate s'applique aussi au professeur. « Je ne remettrai à personne du poison. [...] J'exercerai mon art dans l'innocence et la pureté. [...] Dans quelque maison que j'entre, j'y entrerai pour l'utilité des malades, me préservant de tout méfait volontaire et corrupteur, et surtout de la séduction des femmes et des garçons [...]. »

Personnellement, j'avais toujours envisagé l'enseignement comme un avion destiné à emmener mes étudiants ailleurs. Bien piloté par le prof, l'appareil pouvait s'élever au-dessus des nuages et filer vers l'horizon du savoir. Dorénavant, il fallait faire approuver le plan de vol aux passagères et passagers. Tant que l'une d'entre elles ou l'un d'entre eux avait un problème d'altitude, on ne pouvait pas décoller. On restait vissé au sol, empêtré dans des palabres sur l'identité de genre des anges. Ou bien on volait au ras des pissenlits, dans le champ des lieux communs. En vertu des droits et libertés individuels, chacun·e exigeait d'être servi·e selon ses croyances et son identité. L'idiosyncrasie à son paroxysme d'idiotie. Et, si l'agent·e de bord avait le malheur d'appeler *monsieur* une personne trans en instance de la grande opération, c'était l'esclandre à n'en plus finir dans la carlingue. Bien finies les raisons communes de Fernand Dumont. Comment construire un pays quand tout le monde se considère comme une ambassade ?

Difficile de se motiver à enseigner dans ces conditions. Alors, quand je n'avais pas les enfants, j'en profitais pour écrire. Car moi aussi, Ferdinand, je donnais dans l'écriture en dilettante. Pas pour payer le terme comme toi. Par pure prétention. Parce que je n'étais pas satisfait du monde tel qu'il était. Parce que le livre que je voulais lire n'existait pas.

Mon premier roman, *Rang croche*, était paru il y a dix ans chez Jachère, une maison d'édition respectable, qui comptait quelques vieux renards et plusieurs jeunes loups. Surtout des louves, à vrai dire. À cette époque, j'étais naïf. Je croyais que ma scribouille était publiée parce qu'elle avait une indubitable valeur littéraire. C'était avant de découvrir la mécanique éditoriale, où chaque parution ramène du fric de l'État. Un éditeur est subventionné au prorata de ses publications. Il suffit d'imprimer des bouquins, de les empiler quelque temps sur les étagères des librairies, avant de les pilonner pour faire de la place aux suivants. Le pilon, c'était un nouvel autodafé : aussi honteux, mais plus discret ; pas celui de la censure, mais de l'échec commercial d'un système circulaire coupé du marché. Et ça marche. Ah, mais il se porte très bien, le marché du livre au Québec ! C'est celui des lecteurs qu'il faudrait développer. Un peuple semi-analphabète, gavé de livres de recettes et de croissance personnelle. Tout ça se tient.

Bref, mon *Rang croche* avait fini par sortir des presses. J'étais tellement fébrile en déballant la boîte que je me suis coupé avec l'exacto. La sensation de tenir pour la première fois son livre en main est inoubliable. Je l'avais humé et caressé comme un nouveau-né. L'analogie n'est pas exagérée. Une création pure, expulsée des limbes du néant, maculée du sang de ma coupure au doigt, qui se matérialisait et qui allait vivre sa propre vie.

Rang croche était un bon petit premier roman. Le bandeau qui ceignait la couverture disait : « Il faut tout un village pour faire un tueur. » Un petit gars du fond de rang dans le Québec des années 1950 étouffé par la religion. Tue accidentellement son père alcoolique en protégeant sa mère. Mère folle qui l'élève dans le bénitier. Raillé à l'école. Ostracisé par le village. Sa mère meurt. Déterre sa mère et se fait une robe avec sa peau. Commence à tuer des femmes pour étoffer sa garde-robe. Finit à l'asile, où il raconte ses mésaventures au psy. La belle histoire, version *glauque le louche*, d'un Ed Gein québécois. Mon bouquin avait été salué discrètement par quelques critiques. L'équivalent éducatif de « Bel effort, mais peut faire mieux ». Vrai que ce n'était pas le pavé de *Voyage au bout de la nuit* dans la mare littéraire française. À peine un caillou lancé dans le Saint-Laurent...

Mais toi, tu n'aurais pas aimé, Ferdinand. Trop d'histoire. Trop d'idées. Pas assez de style. J'ai bien essayé de rejouer la partition de ta petite musique, mais ça sonnait faux. Ta petite musique, c'est une appellation contrôlée. Alors j'ai tenté de trouver ma voix. Avec tout ce qu'il fallait de métaphores. Trop, en me relisant aujourd'hui. Le style, c'est pas facile.

C'est justement en réfléchissant à la difficulté de scribouiller, après avoir tutoyé des titans, que j'ai commis mon premier essai : *Écrire après le* Voyage. Ça, ça a plutôt bien marché. On a bien aimé cette réflexion sur l'écriture, l'influence des pairs pour un auteur et la castration qu'il pouvait ressentir à fréquenter des géants. Un passage avait particulièrement été remarqué : « Il y a un avant et un après Céline. On n'en sort pas indemne, de ce *Voyage*. En posant ses valises, on en chancelle encore, comme après une torgnole en pleine tronche. Après chaque moment de lecture, il nous reste l'air ébaudi et un peu coupable (on a tellement dit du personnage qu'il était infréquentable) d'un enfant qui vient de se gaver de confiture à même le pot, la bouche encore barbouillée de mots. »

À ma grande surprise, mon machin a été bien reçu chez les céliniens patentés. Publié discrètement en France, il m'a introduit dans le cercle intime de tes groupies, Ferdinand. Des exégètes inconditionnels, qui se retrouvaient régulièrement pour discuter de ton cas. J'ai d'ailleurs été invité à prononcer une conférence à l'occasion du colloque « Louis-Ferdinand Céline et les arts », à Bruxelles. Ça leur a fait plaisir, à tes disciples, d'en rencontrer un venu de l'autre côté de la flaque. J'avoue qu'à moi aussi. On se sent un peu seul, des fois, à t'aimer autant, Ferdinand. Alors, quand on se retrouve entre nous, ça referme les écluses de la mauvaise conscience. J'en ai croisé des plus fous que moi. C'est qu'il y a toute une cour qui s'agite autour de ton fantôme, Ferdinand. Répartis en plusieurs chapelles de diverses obédiences. Les bébertistes, qui s'ostinent sur le nombre exact de mentions de ton chat dans ton œuvre. Les créditistes, qui ne jurent que par *Mort à crédit.* Les châtelains, intarissables thuriféraires des trouvailles stylistiques *D'un château l'autre.* Et bien sûr les voyagistes, dont je suis, qui provoqueraient en duel quiconque remettrait en question que *Voyage au bout de la nuit* est le plus grand roman jamais écrit en français.

Ma communication a été chaudement reçue. Je l'avais courtement intitulée : « Céline l'Américain ». Toi aussi, ça t'aurait plu, Ferdinand. J'ai relaté tes séjours à New York et Détroit, ainsi que ton passage à Montréal en 1938, alors que tu rencontrais Adrien Arcand, notre petit facho bien à nous. Il s'en est fallu de peu pour que tu viennes patauger définitivement dans nos quelques arpents de sloche. Comment se serait appelée ta trilogie québécoise ? *D'une église l'autre, Grand Nord* et *Set carré*?

Quoi qu'il en soit, ils ont bien kiffé mon petit laïus, tes apôtres. Sans doute en raison du souvenir de la Nouvelle-France et des exploits de La Fayette, les Français adorent se faire rappeler leurs liens avec l'Amérique.

À la réception qui a suivi ma conférence, je me suis embrouillé avec des châtelains qui prétendaient que le style ajouré des points de suspension de *D'un château l'autre* était un hommage à la dentelle que ta mère vendait. J'avais un peu bu et je leur ai dit tout le mal que je pensais du compte rendu de ton exil à Sigmaringen. C'est sorti tout d'un coup, haut et fort, comme le souffle d'un rorqual dans l'estuaire du Saint-Laurent : « D'abord, le titre est mensonger. C'est de la fausse représentation. Rien à voir avec une virée castrale. C'est plutôt des vacances foireuses au Club Merde des collabos. Ensuite, le premier tiers du livre, c'est niche et pleurniche. Bouh ouh ouh, méchant éditeur qui m'a pris tout mon argent. Tout ça dans une langue codée à la syntaxe désossée. Pour les initiés, qui connaissent le parcours de Céline et qui savent tous ses déboires, c'est peut-être du génie. Mais le vrai monde, il s'en siphonne la cochlée de ses problèmes financiers. Et puis, disons-le une fois pour toutes, les points de suspension, c'est la pensée hachurée d'un radoteur désordonné qui ne va jamais au bout de ses idées. »

À ces mots, la demi-douzaine de châtelains réunie en hémicycle autour de moi s'est agitée dans le local. On m'a traité de caribou sans panache et de bûcheron mal dégrossi, en se moquant de mes diphtongues étirées. J'ai répliqué que l'accent québécois était l'accent aigu de l'Amérique, que la France était un pays en déclin politique, économique et diplomatique, et que l'avenir de l'Europe, c'était le Nouveau Monde. Le ton a monté. Un vieux pétainiste à chapeau melon a voulu me frapper avec sa canne. L'organisateur et une prof de l'université Queen's ont tenté de calmer le jeu et m'ont fait retraiter dans une pièce adjacente, en me tirant à hue et à dia, dans la cohue la plus totale. Insultes, cris, coups, esclandre… Tout ça en ton nom, Ferdinand. On ne pouvait pas clore ton colloque avec un plus bel hommage.

2

SINGULARITÉ

— C'est jeudredi, le père. On va-tu voir les petites mères ?

Ti-Coq s'encastrait fièrement dans l'embrasure de mon bureau, haut perché sur les ergots de ses bottillons, tout encuiré de beaufitude avec son beau blouson à col de mouton. Frais rasé, chandail ajusté, cheveux bien meringués de gel : le petit duplicata d'un néo-Travolta. Il avait le jarret leste, le Ti-Coq. Et le talon dynamique. En tout lieu, à toute heure, il était annoncé par le martèlement de ses bottillons. Poc, poc, poc, le Ti-Coq ! À cinq pieds quatre, chaque pouce comptait pour le rapprocher du bonheur. J'avais beau jeu de me moquer, avec mon veston caca d'oie mal coupé et ma chemise pervenche élimée. Facile de ridiculiser l'effort d'autrui quand on reste assis sur sa vie.

Ça faisait plusieurs fois qu'il me proposait d'aller boire un verre. Richard et McKay avaient sans doute refusé son invitation, et j'étais probablement sa roue de secours. Le dernier bonhomme blanc du département. J'ai néanmoins accepté. Je n'avais pas les enfants et je n'allais quand même pas corriger des mauvaises copies jusqu'à minuit un jeudi.

Il m'a traîné dans un bar branché d'un vieux quartier en cours de gentrification. Sur la terrasse, ça pétillait de soleil et de belles filles : un enclos pour mammifères en quête de reproduction.

Il a complimenté la serveuse pour son beau sourire. Avec les filles, Ti-Coq avait un chic suranné, un peu cliché, mais toujours apprécié. Comme un bouquet de fleurs. La serveuse nous a assigné la meilleure table, en retrait près du trottoir, idéal pour voir et être vu.

Pour la drague, Ti-Coq misait sur le volume. Il envoyait des sourires et des bons mots, peu importe l'âge et la beauté de ces dames. Je trouvais qu'il en faisait un peu trop, mais elles étaient clairement réceptives à ses belles façons. En dépit de sa petite taille, ses dents blanches et ses abondantes bouclettes lustrées lui procuraient une confiance inébranlable. Les femmes aiment les grands chevelus, mais Ti-Coq compensait sa petitesse par un charme de mononc' indéniable. Même si je cochais les deux cases du vainqueur avec mes six pieds et mes cheveux mi-longs, je n'avais pas l'assurance de Ti-Coq. Dès qu'une femme me regardait, je baissais les yeux. Réflexe pavlovien d'un homme brisé, demeuré seul trop longtemps.

Nos mojitos sont arrivés. Ti-Coq a proposé à la serveuse de nous partir un *bill* en la félicitant, cette fois, sur la qualité de son bronzage. Elle est repartie en rougissant. Je le regardais, dubitatif. Comme s'il devinait mes pensées, il m'a lancé en clignant de l'œil :

— Achille, les femmes, tu les complimenteras jamais trop.

Un parfait petit connard, mais un petit connard charmant. C'était sans doute mieux qu'un grand déprimé. Du reste, Ti-Coq était gentil. Il s'intéressait à moi, à mes enfants, à mon travail. Il entretenait la conversation comme on s'occupe d'une maison à laquelle on tient. Je savais que McKay méprisait son nanisme intellectuel. Mais, toutes choses étant égales par ailleurs, Ti-Coq c'était un bon gars. Une bonne pâte.

— Pis, ton nouveau livre ? C'est pour quand ?

— Ça sort en librairie dans deux semaines.

Il s'est exclamé en me claquant l'épaule :

— Bravo, le père ! Faut fêter ça.

Il a commandé des *shooters* de vodka. Il a bien sûr invité la serveuse à partager la bonne nouvelle.

— Mon ami va publier un livre.

— Félicitations.

Évidemment, elle se foutait de mon roman comme de son premier *tattoo*. Cinquante mille abonnés Instagram, ça, ça l'aurait impressionnée. Mais publier un livre… Un de plus… Elle a quand même trinqué avec nous avant d'aller ravitailler d'autres soiffards. Ti-Coq ne s'est même pas gêné pour lui mater la croupe. Ça dandinait ferme dans le short en jean. Il est revenu à moi.

— C'est quoi le titre ?

— *So watt*. W-A-T-T. Dans le sens de puissance électrique.

— C'est quoi l'histoire ?

— Une dystopie politique québécoise. Ça se passe en 2076. Le pétrole a été remplacé par l'électricité comme première source d'énergie mondiale. L'économie du Canada est en ruine. Le Québec est la nouvelle Arabie saoudite et fournit tout le nord-est de l'Amérique en électricité. Montréal est complètement multiculturalisé et anglicisé. Un fond de français subsiste en région, une sorte de sabir à base de joual, que les derniers Québécois de souche sont les seuls à comprendre.

— OK, mais c'est quoi l'histoire ?

— Armés par les Mohawks, les Cris prennent le contrôle des barrages sur leur territoire. À la tête du coup d'État, Joseph Coon Come, un jeune chef cri, devient le premier président du Québec et déclare l'indépendance exactement cent ans après la première élection du PQ. La déclaration d'indépendance est écrite en cri.

— Eh ben… Tu manques pas d'imagination… Ben hâte de lire ça.

Je le savais sincère. Ti-Coq restait le seul du département à m'avoir lu. Richard était trop jaloux, et McKay ne s'abaisserait jamais à lire un collègue. Quant aux autres, ils n'avaient pas de temps à perdre avec les élucubrations d'un bonhomme blanc.

Une jeune fille en robe cintrée s'est approchée timidement de notre table.

— Monsieur Santerre ?

— Oui ?

— J'étais pas certaine si c'était vous... Je m'excuse de vous déranger. J'ai beaucoup aimé *Écrire après le* Voyage. Ça m'a donné le goût de lire Céline... Le *Voyage*, j'en suis pas encore revenue. La description de New York debout, c'est tellement ça.

Elle a sorti mon livre d'un sac et me l'a tendu comme une offrande. En tremblant.

Tout écorné, mon livre. Surligné à souhait, annoté, avec des pages pliées. La preuve que ses mains l'avaient touché souvent.

— Pouvez-vous me le signer ?

— Bien sûr. Comment tu t'appelles ?

— Frédérique. Avec un Q.

— Il va sans dire...

J'ai gribouillé :

Pour Frédérique
On est puceau de Céline comme on l'est de la volupté
AS

— Merci.

— Avec plaisir.

Elle s'en est allée, Frédérique avec un Q, en déchiffrant ma dédicace. J'avais fait ça comme un vieux pro, mais c'était la première fois que ça m'arrivait : signer un autographe en dehors d'un salon du livre. Un peu gêné, j'ai remis mon stylo en poche, avant de siffler mon mojito. Ti-Coq était foudroyé.

— Ben là... Je vais me mettre à écrire moi aussi. *Chick* de feu. As-tu vu comment elle te regardait ? Pis t'as même pas pris son téléphone.

— *Come on*, Gervais, elle a même pas vingt-cinq ans.

— Pis, ça ? Entre adultes consentants, y a pas de mal à se faire du bien... D'ailleurs, comment ça va, tes affaires avec les petites mères, depuis ton divorce ? T'as pas l'air très proactif...

— Tranquille.

— Ça fait combien de temps que t'as pas foufouné ?

— Je sais pas trop... Un an...

Ti-Coq s'est étouffé dans son mojito.

— OK. C'est pire que je pensais. Passe-moi ton téléphone.

Avant même que j'aie pu protester, Ti-Coq m'a inscrit sur un site de rencontres. Le temps d'un autre mojito, et j'avais un profil opérationnel. Libellé comme suit :

Achille
47
Université de Montréal au Québec
Docteur ès lettres
@AchilleSanterre

Bien que succincte, ma description synthétisait tout ce que j'étais. Je voulais mettre *prof de littérature*, mais Ti-Coq m'assurait qu'avec un doctorat on saurait que je n'enseignais pas au cégep. En plus, *docteur ès lettres*, ça rendait hommage à ton double emploi de médecin-écrivain, Ferdinand. Ti-Coq pouvait en témoigner : le statut de prof d'université avait la cote chez les femmes. Surtout en littérature. Le titre supposait un intellectuel avec un bon salaire. Parfait pour intéresser les jeunes femmes en quête d'un pygmalion.

Mon compte Twitter permettrait aux filles de consulter mes publications, surtout constituées de courtes réflexions, d'aphorismes et de haïkus. Mon dernier datait de deux mois : « Paradoxe # 11 : La lumière n'est pas un lux. » Pas de politique, pas de polémique. Si elles me *googlaient* (selon Ti-Coq, c'est sûr qu'elles le feraient), elles trouveraient quelques recensions potables de mes livres et deux entrevues à la radio. Toujours selon Ti-Coq, j'avais tout avantage à mettre de l'avant ma voix radiophonique bien posée. Je n'étais pas ici pour trouver le grand amour, mais pour faire des rencontres et me remettre en mouvement.

Pour les photos, Ti-Coq en avait choisi quatre. La première était tirée de ma page personnelle sur le site de l'université. Classique. Je souriais modestement, avec juste assez d'arrogance et d'entregent. La deuxième avait été prise pendant mon allocution au colloque à Bruxelles. Dans une salle lambrissée, on me voyait m'adresser avec assurance à un parterre attentif, avec le titre de ma conférence en arrière-plan : « Céline l'Américain ». Selon Ti-Coq, il se dégageait de l'ensemble un dynamisme nord-américain et une crédibilité vieille Europe. J'étais sceptique. Il m'a regardé dans les yeux :

— Les femmes, ce qu'elles veulent, c'est pas compliqué : un gars gentil, drôle, ambitieux. Toi, tu coches toutes les cases.

— Je suis pas sûr que mon ex serait d'accord, mais si tu le dis.

La troisième photo me montrait en train d'effectuer un virage hyper incliné en ski nautique. J'étais bronzé, cheveux au vent, et l'on percevait bien ma silhouette élancée. J'hésitais, mais Ti-Coq était formel : il fallait une photo en pied style *sportif en contrôle. Mens sana in corpore sano.* Il a bien insisté là-dessus : *a contrario*, ne jamais sélectionner une fille dont on ne voit que le visage. Encore moins une qui met une image de fleurs ou de chat.

Le dernier cliché était un *selfie* avec Michel Houellebecq, capté au Salon du livre de Paris. J'avais macéré une heure trente en file pour faire signer *La carte et le territoire.* Ti-Coq m'assurait qu'il ne fallait jamais afficher de photos avec d'autres gars, de peur de souffrir de la comparaison. Avec Michel et sa tronche de ptérodactyle démotivé, aucun danger. Tenant la pause *laideur calculée,* il serrait les gencives en fixant l'objectif avec intensité, style Antonin Artaud en fin de parcours. Sa bouche était plissée comme un sphincter contracté. C'était surréaliste de me voir tout sourire à ses côtés.

Et, pour finir, il fallait paramétrer la fourchette d'âge des femmes que je voulais rencontrer. Arbitrairement, j'ai proposé 32-50. Ti-Coq m'a pris mon téléphone des mains en secouant la tête. Il n'en démordait pas :

— 25-50.

— 25, c'est trop jeune. Ça pourrait être des amies de Léo.

— Tu vas me remercier.

Il a finalisé mon inscription et m'a rendu mon téléphone.

— Et voilà : t'es en *business.* Pour *flusher,* tu glisses à gauche. Si la fille te plaît, tu glisses à droite. Pour une *top chick,* tu glisses en haut pour un *super like.* Mais t'en as juste un par jour : gaspille-le pas. Si la fille t'a choisi aussi, vous avez un *match* et vous pouvez commencer à vous écrire. Pas plus compliqué. Amuse-toi.

Il m'a claqué l'épaule en se levant pour aller aux toilettes. Tout en trottinant sur ses ergots, il spamait des sourires à toutes les filles qu'il croisait. J'ai commencé à regarder les propositions. C'était un portail vers un univers de possibilités. Une galaxie de chromosomes X. Des quadragénaires à l'infini. Une nébuleuse de trentenaires. Un big bang de millénariales. Tous ces visages féminins qui me souriaient, c'étaient autant d'étoiles dans le ciel gaspésien d'une nuit d'août. J'en avais le vertige.

Et toi, Ferdinand, t'en aurais pensé quoi, de cette frayère à femmes ? Connaissant ta gynophilie, tu serais devenu fou. T'aurais mis quoi dans ton profil ? *Occupation sous l'Occupation : haïsseur de Juifs certifié ?*

Toi, tu n'as pas eu besoin de ce bastringue virtuel pour dénicher Elizabeth et Lucette. Ta belle gueule et ta plume ont suffi. Mais, pour moi qui n'avais ni l'un ni l'autre, il allait me falloir un peu d'aide.

En tout lieu, à toute heure, j'étais sur mon téléphone à reluquer des profils. Aux gogs, avec le falzar aux talons... À table avec les enfants... « Papa, qu'est-ce que tu fais ? Reste avec nous autres. » En file à l'épicerie... Dans mon bureau entre deux copies à corriger... À la cafétéria de l'université... Toujours en masquant mon écran, par frousse de me faire débusquer. Comme si j'avais honte de signifier au monde que j'étais sur le marché des joueurs autonomes.

La fin de mon mariage avait été une ère glaciaire interminable. Mais surtout minable. J'étais resté congelé seul trop longtemps. Au soleil de toutes ces propositions féminines, je dégelais et revenais enfin à la vie.

Une véritable pisciculture, ce réseau de rencontres. L'entièreté des possibles au bout de l'index. Des blondes, des longues, des rondes, des brunes... À m'en éclater les burnes... Et surtout des *tattoos.* Partout des *tattoos.* Gribouillis rococo surannés. La mode allait sûrement passer. Mais, en attendant, il fallait faire avec.

Mégane 28. Amy 31. Kathy 30. Pénélope 36. Coiffeuse, esthéticienne, agente de bord, animatrice de mariage. Toutes étaient bronzées, manucurées et tatouées. Toutes aimaient la nature, le cinéma et les bons repas au resto. Toutes allaient au gym, avaient un chien et des fautes dans leur profil. Plus jeunes, plus belles et moins scolarisées que moi. J'avais bien conscience de choisir des filles hors de ma ligue.

Aucune ne serait ma future épouse. Et aucune ne m'avait choisi.

Je n'étais pas dupe. J'avais fait mes recherches. Je savais l'algorithme impitoyable, sans aucune considération morale. Les profils les plus désirables n'étaient proposés qu'aux abonnés les plus populaires. Les belles filles pouvaient être vues (et donc choisies) par les beaux gars. Et vice-versa. En revanche, les thons n'apparaissaient qu'aux boudins. En d'autres termes, sur Internet comme dans la vie : les beaux avec les beaux, les laids avec les laids. L'auteur de *Soumission* avait vu juste : le domaine de la lutte s'étendait jusqu'aux confins de la sexualité.

La solitude, ça use le corps et l'esprit. À quoi bon se couper les ongles ? Aucun danger de grafigner qui que ce soit. Des nouveaux vêtements ? Bof... La solitude, cette coulée noirâtre qui sort du crâne et qui fait le vide autour de soi.

Vous, la solitude, vous connaissez, monsieur le Maréchal des logis Destouches. Vous avez cavalé seul jusqu'au bout de la nuit. Parfois au grand galop, à hennir la haine, l'écume aux nasaux. Le plus souvent au pas laborieux du cheval de trait. Harnaché au licou de l'écriture, à labourer du sens. Au final, l'écrivain est toujours seul. Seul avec ses idées. Seul devant le papier. Seul avec ses remords. Seul devant la mort.

Heureusement que le spectacle de l'enseignement m'obligeait à un minimum de conscience de moi. Impossible de donner un cours avec la braguette béante ou du persil entre les dents. Autant mettre un chat sur son bureau : personne n'écoute. Plus jeune, j'étais grisé par le pouvoir de séduction du maître. Tous ces yeux avides qui buvaient mon verbe comme une ambroisie. Il faut dire que j'ai donné mes premiers cours à vingt-six ans. J'étais à peine plus vieux que mes étudiants. Je fréquentais les mêmes bars. Je crois que c'est l'idée de séduction qui me motivait à performer. Pas tant la séduction des jeunes femmes que celle des esprits. Chaque cours était une représentation, dont je sortais épuisé, mais ravi.

Je poursuivais mes enseignements au bar étudiant avec la fougue du nouveau dévot. J'étais un jésuite à Michillimackinac. Un missionnaire au cœur de la Huronie, avec pour seule ambition de convertir les sauvages au *Voyage*.

Et puis le monde avait changé. Dans leur laboratoire du Complexe G, les sorciers du ministère de l'Éducation avaient transformé les élèves en *apprenants*. Par définition, il revenait au prof d'*élever* l'élève en le tirant vers le haut. Devenu *apprenant*, l'élève retombait en participe présent monotone et engoncé dans le présent, justement. Quant au prof, selon l'Unesco, il devait « passer du rôle de soliste à celui d'accompagnateur, devenant désormais non plus tant celui qui dispense les connaissances que celui qui aide ses élèves à trouver, à organiser et à gérer le savoir, en guidant les esprits plutôt qu'en les modelant ». Fini le maître qu'on admirait en contre-plongée. Le prof était désormais un *dude* parmi tant d'autres. Le savoir avait été relativisé et fractionné en nanoparticules. Même l'histoire commune et la tentative d'un récit national, forcément collectif, n'étaient plus envisageables dans des sociétés atomisées par les minorités. Plusieurs vérités étaient dorénavant concevables, selon le vécu de chacun·e.

Plusieurs profs n'ont pas pu s'adapter à ces bouleversements. Dans mon cas, j'avais beau me démener autant qu'avant devant ma classe, je n'obtenais plus l'attention des premières fois. Était-ce l'époque, ou parce que j'étais moins bon et moins beau ? Je n'avais devant moi que des visages fantomatiques bleuis par le halo des écrans. Je ne savais jamais s'ils prenaient des notes où s'ils s'empêtraient dans la Toile. Et, s'ils intervenaient, c'était pour me contester. Disparue, la pupille concupiscente des filles. Éteinte, la lueur d'admiration dans l'iris des garçons. Chaque année, j'avais l'impression que mes étudiants rajeunissaient et rapetissaient. Mais c'est moi qui vieillissais et qui m'éloignais d'eux. Oui, j'avais vieilli. Et mes idées aussi. Un humain qui vieillit, c'est un corps qui dégénère. Des idées qui vieillissent, ce sont des pensées momifiées. Toi aussi, Ferdinand, tu as vieilli. De prodige littéraire, tu es devenu l'infréquentable aux idées fétides, de plus en plus dur à faire aimer.

L'enthousiasme de mes débuts s'était émoussé. Des références et des traits d'humour, qui autrefois faisaient mouche, s'écrasaient maintenant dans un silence englué. En vingt ans, je m'étais mononcquisé sans m'en rendre compte, dans un fondu enchaîné allant de *cool* à ringard. C'était dans l'ordre des choses. Dorénavant, la seule posture valable envers mes étudiants consistait en une bienveillance surplombante. J'étais fatigué. Avec l'impression d'être arrivé au terminus. Comme toi à Meudon, Ferdinand. Embourbé dans mon divorce et replié dans mon malheur. À part les réunions du Parc jurassique, je ne sortais plus.

Heureusement que je t'avais, Ferdinand. Toi, tu ne m'as jamais laissé tomber. En phase insomniaque, j'écoutais tes entrevues sur YouTube pour m'endormir, complètement accro à ta voix aigre de rapace perspicace. Ton verbe, Ferdinand. Même à l'oral, tu le déployais dans toute sa majesté, sans la réflexion que permet l'écriture, comme un paon qui fait la roue. Dans l'instant présent d'un monologue improvisé, ta parole projetait ta pensée avec un tel chatoiement que j'en avais l'oreille tout éblouie. Après t'avoir entendu, il m'en restait des taches lumineuses sur le tympan. Le style. Toujours le style. Rien que le style. Le style affine l'esprit comme la redingote élance la silhouette du dandy.

Et ce que j'ai pu te lire… Et te relire… J'ouvrais le *Voyage* au hasard et je plongeais dans la page avec autant de délectation que dans une toile de Bruegel. La même maestria pour capter les misères quotidiennes du petit monde de ton temps. Mon édition illustrée par Tardi était usée et annotée, comme un bréviaire de missionnaire.

Avec tes mots, Ferdinand, je me sentais moins seul dans un monde où l'on n'avait jamais autant parlé pour, au final, si peu se comprendre.

La vitalité de Ti-Coq sur la terrasse m'avait révélé l'ampleur de ma réclusion. Tous les jours, passant devant mon bureau en claquant ses bottillons, il s'enquérait de mes amours virtuelles. Après des centaines de balayages à gauche, toujours aucun *match*. Il faut dire que j'avais sélectionné une dizaine de filles en tout, toutes plus jeunes et plus belles que moi.

— T'es trop sélectif. Laisse faire la pêche à la mouche, sors le chalut.

Mais je n'avais envie ni de thon ni de boudin. À ce compte-là, autant jeûner. J'étais quand même curieux de voir les filles à qui je plaisais.

— Pour ça, va falloir que tu payes. Vingt piasses. Comme ça, tu vas voir qui te choisit pendant un mois.

Ti-Coq est entré dans mon bureau et m'a pris le téléphone des mains.

— Donne-moi ta carte de crédit.

Il a pianoté un peu avant de me rendre l'appareil et de contourner mon bureau pour découvrir quel type de filles j'attirais. J'étais fébrile comme un ado à son premier rendez-vous. J'en tremblais. Les profils sont apparus. Plus de cinquante. Cinquante femmes que j'intéressais, toutes géolocalisées dans un rayon de dix kilomètres. La technologie avait quand même ses avantages. Je défilais frénétiquement les propositions. Ti-Coq commentait par-dessus mon épaule.

— Pas pire… Pas mal… Très beau sourire… Oh, ça c'est mon genre… Très belle sélection, Achille. T'as l'embarras du choix.

C'était vrai. Des belles femmes. En majorité autour de la quarantaine, elles avaient l'air épanouies et en santé. Profs pour la plupart, mais aussi courtière immobilière, sommelière, chargée de projet (pour ce que ça voulait dire), bibliothécaire… Enfin, pas mal de tout. Mais pas de *pas mal du tout.* Pas de mandibule décrochée. Pas de bouche asséchée ni de souffle coupé.

— Faut que t'arrêtes de chercher la déesse parfaite. Tu reviens au jeu. Ça fait un an que t'as pas patiné. Faut que tu retrouves tes réflexes. Wayne Gretzky disait: «Je rate 100 % des tirs que je ne tente pas.» Faut que tu lances au but si tu veux *scorer.* Tiens, celle-là. Parfaite pour une première *date.*

Avant même que je puisse réagir, il avait touché sa photo de son index. Une étoile avec l'inscription *MATCH* a scintillé sur l'écran.

— Qu'est-ce tu fais là?

— Je te pousse dans le cul, parce que là faut que tu te déniaises. Enweille, envoie-lui un message. Ça t'engage à rien.

Très fier de son coup, il s'en est allé pocpoquer du talon ailleurs en chantonnant:

— *Are you lonesome tonight? Do you miss me tonight?*

Il avait raison sur toute la ligne. Pour dire le moins, j'étais rouillé. Une vieille clôture délabrée de maison hantée. Ça branlait du piquet et ça grinçait du portillon. Il me fallait accepter l'idée d'être à nouveau désirable. Et ça, c'était pas gagné.

J'ai interrompu mes corrections pour examiner le profil de la fille. Mélanie. Trente-huit ans. Prof au primaire. *J'aime les randonnées en forêt, le bon vin, la musique et la littérature. Je suis dynamique et toujours de bonne humeur. Je suis ouverte à tous les types d'hommes. Petits, chauves et fumeurs s'abstenir.*

Avec des mailles aussi lâches à son filet, elle se serait privée de René Lévesque, mais moi, j'étais encore qualifié. Son profil n'avait pas de fautes, et ses photos révélaient ce qu'on pouvait qualifier de *belle femme.* Et même pas *pour son âge.* Une belle femme, point. Ses longs cheveux blonds tombaient à plat comme une chute. Sourire à l'avenant. Corps mince et tonique, révélé sans réserve en bikini. Parfait pour me remettre en selle. J'ai brisé la glace ainsi : *Salut Mélanie. J'ai bien aimé ton profil. J'ai une soudaine envie de boire du vin dans le bois en déclamant du Céline.*

Sitôt le message envoyé, sitôt envahi par la honte d'avoir été d'une désespérante banalité. D'autant que je n'avais aucune envie d'aller marcher avec une inconnue sur le mont Saint-Hilaire ou dans les Hautes-Gorges-de-la-Rivière-Malbaie en buvant du Kim Crawford dans un gobelet de plastique. En attendant sa réponse, je me plongeais comme dans un sac de chips dans les autres profils de femmes qui m'avaient choisi. Trop maigre… Trop laide… Trop vieille… Trop niaiseuse… Le profil plein de fautes de Cindy et ses superbes seins comportait ce délicieux post-scriptum : *svp pas d'anal ni de prisonié.* À première vue, Cindy et ses seins savaient ce qu'ils voulaient. Et pourtant, en dépit de mauvaises expériences manifestes, le *svp* induisait une certaine tolérance à la récidive…

Alors que je désespérais du genre humain, une notification m'a indiqué que Mélanie m'avait répondu. *Salut Achille. Moi aussi, j'ai bien aimé ton profil et j'adore Céline. En passant, dans ta photo de profil, y a une faute sur l'affiche « Céline l'Américain ». Deux en fait. Il faudrait mettre un E à Américain mais, surtout, Céline est CANADIENNE. Désolée de te corriger, réflexe professionnel ;) On va boire un verre ?*

Au secours, Ferdinand ! J'étais depuis longtemps immunisé contre les désolantes blagues qui t'intervertissaient avec la reine de Charlemagne. Mais là ça dépassait tout entendement, sans clignotant dans la voie de droite. Elle me proposait un verre… Pourquoi pas ? Avec un peu de chance, elle serait au moins divertissante.

Même si je n'y croyais pas trop, j'avais décidé de faire comme si Mélanie pouvait venir coucher chez moi. Ça tombait bien, j'étais sans enfants. J'avais fait le ménage (ça incluait la dissimulation du rouleau de papier de toilette qui traînait d'ordinaire à côté de mon lit). Et surtout la vaisselle. L'ostie de vaisselle accumulée depuis le début de la semaine. Les écuries d'Augias à récurer. Avec en prime la délicate érection d'une tour de Babel d'assiettes et de chaudrons dans le bac de séchage. Après plusieurs écroulements, je m'étais résigné à faire sécher le surplus sur un linge étendu sur la table.

Côté vêtements, j'avais fait au mieux avec ce que j'avais. Jean noir, t-shirt prune sous un petit manteau chamois, espadrilles : un vrai vieux qui joue au jeune. Mais quelles étaient les autres options ? Un complet trois pièces avec une montre à gousset ? Une veste de laine avec une pipe ? À l'image de mes cheveux, mi-longs, mi-laids, entre deux âges, je ne savais plus où me mettre.

Mélanie m'avait donné rendez-vous dans une de ces nouvelles microbrasseries censées représenter l'aboutissement de la revitalisation des vieux quartiers. Une ancienne usine style néo-industriel, à l'usure calculée, toute en métal et en bois de grange, avec des cuves en acier et toute leur tuyauterie bien en vue derrière la baie vitrée du fond. Comme un gros intestin métallique. La place bourdonnait de jeunes.

Je me sentais nerveux comme si j'allais chez le dentiste. C'était la première fois que je tentais de séduire depuis des décennies. J'avais perdu tous mes repères. Dans ma tête, accroché au précipice, Gandalf m'ordonnait : « Fuyez, pauvre fou ! » J'aurais dû l'écouter.

Mélanie m'attendait à une table. À mon arrivée, elle a voulu me faire la bise. En se levant, elle a accroché un lampion qui brûlait sur la table. Elle a rattrapé la chandelle, non sans qu'une giclée de cire macule son sac à main léopard.

— Câlisse !

Elle frottait frénétiquement son sac en se parlant toute seule.

— Hé que je suis maladroite !

Occupée à son nettoyage, elle ne m'accordait pas un regard. C'est à ce moment que j'aurais dû fuir. J'en ai profité pour la mater. Elle avait une robe bien moulante et des sandales à semelles compensées, qui allongeaient ses jambes musculeuses. Pas mal. Vraiment pas mal. Elle s'est finalement adressée à moi.

— S'cuse-moi, je suis vraiment maladroite.

— Aucun problème. Ça peut être très séduisant, la maladresse.

On a fini par se faire la bise. Son parfum générique de centre d'achats, vulgaire, mais vivifiant, m'a déstabilisé. Ça faisait si longtemps que je n'avais pas senti une femme de près. J'en avais les ventricules tout palpitants. Ses longs cheveux blonds platine, droits comme un rideau, encadraient un visage crispé aux yeux très mobiles. On a commandé à boire au serveur. C'était compliqué. Il y avait onze sortes d'IPA, mais aucune pilsner. Moi, l'IPA, je n'aime pas. Il y a suffisamment d'amertume dans le monde sans en rajouter dans mon verre. J'ai demandé un bloody. À grands coups de soupirs et de roulements d'yeux, le serveur m'a bien fait comprendre que son établissement ne servait que de la bière brassée sur place, avec du houblon local et bio. En vieillissant, je supportais de moins en moins d'être contrarié, même pour des insignifiances. Cette soirée commençait mal, et j'avais soudainement le goût de mon matelas par terre et d'un documentaire sur les pieuvres. Je me suis rabattu sur une stout. Mélanie a commandé une Malcommode (IPA rhubarbe et pavot), en insistant sur le fait que ce nom lui allait très bien. Je n'en doutais pas un instant.

D'entrée de jeu, elle a tenu à s'excuser de son TDAH, diagnostiqué, mais non médicamenté.

— Si j'écoute pas ce que tu dis, ça veut pas dire que je suis pas intéressée.

Triple négation oxymorone, ça commençait très bien… Elle a passé la soirée à décrotter la cire qu'elle avait sous les ongles. Essentiellement centrée sur sa propre personne, Mélanie avait kidnappé la discussion, vagabondant du coq à l'âne, sans aucune transition. Les seules fois où je pouvais la relancer dans son monologue, c'était quand elle buvait une gorgée de Malcommode. Profondément tapis dans leurs orbites, ses yeux étaient incapables de se poser. Comme si elle suivait le vol d'une mouche invisible. Elle était épuisante. Et pas très intelligente, il faut bien le dire.

Impossible de savoir si je lui plaisais, à cette égocentrée déconcentrée. Elle n'en avait que pour elle, sa famille, ses élèves, ses collègues, ses activités de loisir, son chien et son ex. Ah, celui-là, c'était tout un salaud… Un saint, plutôt. Comment avait-il pu l'endurer pendant douze ans ?

La seule fois où elle s'est intéressée à moi, c'était pour me demander qui était le monsieur sur ma photo de profil.

— C'est-tu ton père ? Vous avez l'air proches.

Michel Houellebecq, mon père ! J'ai ri pendant deux bonnes minutes. Pour ne pas être en reste, elle m'a accompagné dans mon hilarité, mais sans en saisir la cause. Ce qui faisait redoubler mon fou rire. Ah monsieur, on riait. Les tables voisines se retournaient pour noter notre bonheur. Je les entendais même penser : *En voilà deux qui vont fourrer solide.* Et pourtant non. Physiquement, elle me plaisait suffisamment pour qu'il soit envisageable de hisser le grand mât et déployer tous les focs. Mais la mécanique érectile est complexe et délicate. Un rien peut tout faire capoter. Dans le cas de Mélanie, son caquètement continu et sa pupille papillonnante auraient fait débander Rocco Siffredi.

Après deux pintes, j'en avais plein les pompes. Je l'ai quittée précipitamment, prétextant que j'avais promis à mes enfants de rentrer avant onze heures. Elle semblait déçue.

— Est-ce qu'on va se revoir ?

Mais qu'avait-elle espéré ? C'est bien beau, des belles jambes, mais comment pouvait-elle s'imaginer que le torrent de son blablatérage avait un tant soit peu pu être érotisant ?

Cet échec m'avait plongé dans une grande perplexité. Même si l'envie m'en prenait de plus en plus souvent, il était clair je ne pourrais jamais recourir aux services d'une professionnelle. Incapable de faire circuler le sang sans une connexion neuronale minimale. Toi, tu pouvais comprendre ça, Ferdinand. Ta Musyne, elle ne s'appelait pas Musyne pour rien. Bien sûr, il y avait la courbure de ses esses, mais c'est d'abord le son de son violon qui t'a fait vibrer la membrane. Elle n'était pas qu'une coquille de chair nacrée. Il fallait quand même de l'âme. Et je ne demandais même pas un supplément, juste un minimum.

Seul sur mon matelas, écrasé par le dépit. J'ai reluqué d'autres profils. C'était désespérant de vacuité. Une certaine Julie avait de l'esprit, de l'humour et un visage à l'avenant. Je n'avais pas vraiment de critères physiques arrêtés, mais elle était trop mince à mon goût. Et, n'en déplaise à quiconque, je n'avais pas à justifier mes préférences corporelles, pas plus que mes préférences alimentaires, à qui que ce soit.

Toi, Ferdinand, ton truc c'étaient les danseuses. Surtout les cuisses de danseuses. Tu aimais ton gigot bien nerfé et ton jambon musculeux. Qu'y avait-il à redire ? Absolument rien. Ton droit le plus strict. Personne n'est responsable de ses désirs.

La psychopop avait beau marteler qu'on pouvait à la longue ériger du désir sur la fondation d'une complicité spirituelle, je n'en croyais pas un mot. Cyrano sans Christian, c'était sans espoir en partant. L'inverse était tout aussi vrai, comme l'avait désastreusement démontré l'épisode Mélanie. Le corps et le cortex, en une seule héroïne, c'était non négociable.

De l'autre côté de la cloison de Gyproc, mes deux jeunes voisins se criaient dessus. Encore. Un petit jeudi soir pépère pour eux, que je n'avais jamais entendus communiquer autrement qu'en hurlant. C'était vindicatif et strident. Ponctué du bruit sourd de pieds fâchés sur le plancher et d'impact d'objets lancés. Deux fauves dans une cage trop petite. Au début, je m'étais inquiété. Devais-je intervenir ? Appeler la police ? J'ai vite constaté que cette agressivité était un mode de vie. Colocs écœurés ou vieux couple en déroute ? Mais que foutaient-ils encore ensemble ? Pas facile de séparer deux morceaux soudés par l'habitude. J'en savais quelque chose…

Mon téléphone n'avait plus de batterie. Moi non plus. Avec le fol espoir d'y piéger Mélanie, j'avais lavé les draps. Ça sentait bon la fenêtre ouverte au printemps. En vain. Je me suis branlé sans conviction, avant de m'abîmer dans le sommeil inopérant du solitaire inassouvi.

Comme l'avait presque dit Miron, ça ne pouvait pas toujours ne pas bien aller. Mes foirages casanovesques avaient fini par me faire oublier que j'avais écrit un livre. À la suite d'un courriel laconique, je suis passé chercher mes vingt exemplaires de *So watt* chez mon éditeur. Vingt exemplaires à moi. C'est tout ce que j'avais réussi à négocier dans mon contrat. J'allais enfin pouvoir tenir mon bébé dans mes bras. La fébrilité de ce grand moment était cependant toujours atténuée par une désolante carence de solennel.

D'abord, il fallait galérer pour une place de stationnement, avant de s'engouffrer dans un fâcheux bâtiment industriel en phase terminale. Oublie la romantique Maison des écrivains du carré Saint-Louis, Ferdinand ; on était ici dans une malheureuse usine à livres. Comme chaque fois, la secrétaire ne me reconnaissait pas, et je devais décliner mon identité avec un malaise impatienté. Comme chaque fois, elle m'indiquait avec désinvolture une boîte à mon attention, à côté de la machine à café. Il n'y aurait pas de liesse collective, pas de lancement, pas de champagne, pas de cigare pour saluer le nouveau-né. Dans le désintérêt absolu du bourdonnement de la photocopieuse, j'ai ouvert la boîte en arrachant avec empressement les rabats de carton.

La couverture m'est apparue. Un pylône électrique en bois ouvragé comme un totem, dans un corridor déforesté du Grand Nord. *So watt. Achille Santerre.* J'étais à la fois triomphant et déçu. Assombries, comme voilées par un filtre fuligineux, les couleurs n'étaient pas aussi éclatantes que sur mon écran d'ordi. On perdait les détails des animaux sculptés dans le pylône. Le pire, c'est que je le savais. J'avais pris la peine d'avertir le graphiste, deux fois plutôt qu'une, et je m'étais proposé d'aller approuver les épreuves à l'imprimerie. « Pas nécessaire. Ça fait quarante ans qu'on fait ça. » Et ça fait quarante ans que les écrivains sont déçus. Tant pis, ça le faisait quand même.

Dans la boîte, il y avait aussi une pile de signets, ceints par un élastique, avec ma photo d'écrivain-qui-regarde-au-loin-par-la-fenêtre et une citation : « Au jour de l'indépendance, le 15 novembre 2076, exactement cent ans après la première élection du Parti québécois, le watt devenait officiellement l'unité monétaire de la nouvelle République du Québec. Utilisées depuis vingt ans dans les transactions courantes, les piles électriques de différents voltages allaient dorénavant avoir cours légal. » Ça, ça le faisait.

Ce petit signet, c'était la seule dépense en promotion que mon éditeur allait engager directement pour mousser ma création. Et encore : il était taillé à même les retailles de la couverture. Je n'aurais pas droit aux encarts dans les journaux, aux bandeaux sur Internet, aux panneaux sur les autobus. À d'autres, la gloire et la visibilité. Comme on ne prête qu'aux riches, on avait sans doute évalué que je ne vendrais pas assez de livres pour en financer la promotion. Le tirage famélique à mille exemplaires disait le peu de foi commerciale qu'on avait en *So watt.* C'était sans doute justifié. Mais le peu de confiance dans le potentiel commercial d'un livre induisait une prophétie autoréalisée destinée à légitimer l'échec. « On a eu raison de ne pas mettre de l'argent, puisque le livre n'a pas marché. »

Seul au milieu de la réception, je feuilletais frénétiquement mon livre, à la recherche de coquilles, avec la même nervosité que j'avais compté leurs orteils à la naissance de mes enfants. Je suis reparti avec ma boîte sous le bras. La secrétaire était au téléphone. Personne de la maison ne m'avait félicité. Personne ne m'avait dit que le livre était bon. J'avais accouché seul, comme une chatte de ruelle, dans l'indifférence la plus totale.

J'étais rendu comme toi, Ferdinand, à jérémier contre mon éditeur. Cent ans plus tard, c'étaient toujours les mêmes couinements : à-valoir anémique, promo famélique, mais surtout carence de reconnaissance. Car, si laids fussent-ils, les bureaux des Éditions Jachère étaient quand même payés par la plume des pigeons scribouilleurs…

Qu'importe, ce bouquin, j'y croyais. Ce n'était pas le *Voyage*, mais j'allais le défendre bec et ongles et, s'il le fallait, je le vendrais de porte en porte et en mains propres aux passants.

Heureusement, mon livre avait été mieux reçu à la maison. Quand j'ai ouvert la boîte, mes enfants se sont emparés chacun d'un exemplaire. Flavie s'intéressait à la couverture. Elle relevait avec attention tous les animaux sculptés dans le bois du pylône.

— Regarde, papa : une tortue.

Je n'avais même pas remarqué. Il faut dire que la toile photographiée en couverture était d'une beauté sauvage, avec moult détails et une grande puissance symbolique. J'avais commandé à un peintre innu de Maliotenam une œuvre originale pour mon roman. Après avoir lu le manuscrit, il m'avait proposé ce concept de pylône-totem perdu dans la toundra du Grand Nord, qui résumait parfaitement le propos de *So watt.* Comble de génie, il avait intégré un grand W dans la structure du pylône.

Léo, lui, éventait les pages sous son nez.

— Ça sent bon.

Et, puisque l'argent n'a pas d'odeur, il voulait tout savoir de mes émoluments.

— Combien tu gagnes par livre vendu ?

— 10 %.

— 10 % ! Ça veut dire que, si ton livre se vend vingt piasses, tu gagnes seulement deux piasses ?

— Oui.

Mon fils n'était pas d'un naturel militant. Il appréciait le dévouement de Greta Thunberg envers l'environnement uniquement dans la mesure où les manifs du vendredi lui faisaient manquer de l'école. *Mon skate, mon Wi-Fi, mon McDo : crisse, ch'us ben.* Mais là, terminés les grognements monosyllabiques de marmot marmonneur. Il s'emportait, tel un saint Georges pourfendant le dragon de la grande injustice du monde du livre. La dernière fois que je l'avais vu aussi choqué, c'était quand McDo avait augmenté le prix de ses trios.

— Ça n'a aucun sens, papa ! C'est toi qui as écrit toute l'histoire ! Sans histoire, y a pas de livre ! Faut que tu fasses quelque chose ! Pourquoi t'as pas demandé 50 % ?

— Parce que ça marche pas de même. Dans un contrat d'édition standard, l'auteur gagne 10 % du prix de vente. C'est comme ça parce que c'est comme ça. Et, en format poche, ça baisse à 8 %.

— 8 % ! C'est vraiment poche.

La vérité sortait à torrents par la bouche de mon enfant. *In nino veritas*, pour ainsi dire. Évidemment que ça n'avait aucun sens, cette répartition du flouze. C'est en essayant d'expliquer l'inexplicable à mon gars que je me rendais compte de la flagrance de l'iniquité. Je voulais bien huiler tous les maillons de la chaîne du livre, mais avec 10 % du butin les écrivains se retrouvaient tout seuls à fond de cale pour faire voguer la galère de l'édition. Et toi, Ferdinand, c'était quoi ton contrat avec la *Nénéref* ? M'est avis que, même toi, tu t'es fait ramoner jusqu'à l'intestin grêle.

— Ben moi, je le trouve très beau, ton livre. Je te félicite. Je suis sûre que l'histoire est bonne.

Ma chère Flavie. C'était la première fois qu'on me félicitait pour mon livre. À défaut d'un lancement au centre-ville, j'ai quand même débouché le champagne et le *ginger ale* pour fêter l'événement avec mes enfants.

L'attachée de presse des Éditions Jachère m'avait fait parvenir ma première demande d'entrevue par courriel : un étudiant en littérature pour le journal de notre département. Ce n'était pas le *Magazine littéraire*, mais il fallait bien commencer quelque part. Je lui ai donné rendez-vous à mon bureau.

Il est arrivé à l'heure. Gaspard, qu'il s'appelait. Je me souvenais vaguement de l'avoir eu dans un cours de première année. Mince, cheveux mi-longs, lunettes, *tattoos* indistincts sur les bras, bottines d'armée élimées et une espèce de pantalon flottant, tout à fait conforme aux antiques braies gauloises. Fabuleusement laid, si tu veux mon avis, Ferdinand. Mais qui étais-je pour critiquer les goûts du jour ?

Studieux, il avait gribouillé plusieurs pages de notes. Des Post-it dépassaient de mon livre. Au moins, il avait fait ses devoirs. Il m'a demandé la permission d'enregistrer la conversation. Je n'y voyais aucune objection.

— Merci de m'accorder une entrevue. C'est apprécié.

— C'est toujours un plaisir d'aider les étudiants.

— Autant vous le dire tout de suite, j'ai pas aimé votre livre. C'est bien écrit, mais j'ai trouvé ça raciste et rempli de préjugés. Les Mohawks qui fournissent les armes aux Cris, franchement ! On ne peut pas être plus cliché.

— Mais c'est documenté. La réserve d'Akwesasne est à cheval sur les États-Unis. C'est reconnu par la GRC et le SCRS comme une plaque tournante pour le trafic d'armes au Canada. J'ai fait mes recherches.

— C'est juste un gros préjugé de Blanc.

— Ça veut pas dire que les Mohawks sont des mauvaises personnes. Simplement que des criminels profitent de la réserve transfrontalière pour opérer à l'abri de la loi.

— Vous dites qu'en 2076 la population de Montréal ne comportera que 17 % de Québécois d'origine française. Pourquoi ce chiffre ?

— Je me suis basé sur trois scénarios de projections démographiques, dont celui de Statistique Canada, et j'ai fait la moyenne. C'est un chiffre réaliste, compte tenu des seuils actuels et projetés d'immigration, et du phénomène d'exode des francophones qui quittent l'île.

— Je trouve ça alarmiste. Ça envoie le message que les immigrants nous envahissent. Êtes-vous conscient que votre livre peut nourrir la xénophobie ?

— C'est une fiction d'anticipation. J'essaie d'imaginer l'avenir. Pas de le juger.

— Vous êtes un Québécois blanc francophone privilégié. De quel droit vous permettez-vous de prendre la parole au nom des Amérindiens, à qui votre groupe dominant a volé les terres ?

Il régurgitait son catéchisme militant importé des campus américains. Un authentique colonisé intellectuel. Et le plus désolant, c'est que le Gaspard était un pur produit de mon département. Il poursuivait son indignation :

— On est au-delà de l'appropriation culturelle, ici. C'est du kidnapping narratif.

Celle-là, c'était la première fois que je l'entendais.

— En tant que créateur, je m'autorise à inventer et à mettre en scène tous les personnages que je veux.

— Bien sûr qu'on peut mettre en scène des personnages racistes, misogynes, islamophobes ou transphobes. Mais l'auteur ne doit pas donner l'impression qu'il les cautionne. Vous avez quand même une responsabilité sociale.

— Ma seule responsabilité, c'est de ne pas emmerder mes lecteurs. Les seules limites que je m'impose sont celles de mon imagination et du cadre légal québécois. Je récuse toute forme de censure politique, morale ou idéologique.

Il plissait la bouche comme s'il avait bu du vinaigre. J'ai poursuivi ma contre-attaque :

— Tu connais Claude Gauvreau ? Il a dit : « La censure, c'est la gargouille qui vomit hideusement son plomb liquide sur la chair vive de la poésie ! La censure, c'est l'acéphale aux mille bras aveugles qui abat comme un sacrifice sans défense chaque érection de sensibilité délicate au moyen de ses moulinets vandales ! »

J'avais déclamé fort, avec aplomb. Ça l'avait un peu ébranlé, le Gaspard. Profitant qu'il farfouillait dans ses notes, j'ai continué :

— La littérature n'a pas à être morale. Sinon, c'est du militantisme. Personnellement, je loge à la même enseigne que Céline : « Ne m'intéressent que les écrivains qui ont un style. »

— Oui, mais votre privilège blanc vous rend insen...

— Pourquoi tu ramènes tout le temps tout à la couleur de la peau ? Comme si c'était le seul facteur de discrimination. Tout Blancs qu'ils soient, les Irlandais se sont fait solidement coloniser par les Anglais. Moi, je suis daltonien. Je m'en fous de la couleur de la peau. On a tous le sang rouge. Je juge les gens à ce qu'ils font, pas à ce qu'ils sont.

— C'est justement votre position de privilégié qui vous empêche de reconnaître vos privilèges.

Ça a tourné en rond comme ça pendant une heure et quart. Comme un soulier dans une sécheuse. Jusqu'à temps que je le vire, excédé par ses admonestations.

Toi, tu n'aurais pas tenu cinq minutes, Ferdinand. Il n'était pas venu recueillir ma pensée, mais la contester et me convaincre de la sienne. Il n'écoutait rien de ce que je disais. Comme les animaux cités à procès au Moyen Âge, j'étais condamné d'avance, peu importe ce que j'allais braire. J'avais beau répondre à ses questions avec des arguments et des faits, il était incapable de concevoir un monde nuancé en dehors de son cadre en noir et blanc. Incapable d'accorder aux artistes la liberté de création. Et, plus prosaïquement, incapable de tenir compte que les Canadiens français, conquis et dominés par les Britanniques, puissent être infériorisés eux aussi, non pas en vertu de leur couleur de peau, mais à cause de leur langue, de leur culture et de leur identité en tant que groupe minoritaire au Canada. Les contremaîtres anglais ne s'y trompaient pas, eux, quand ils aboyaient *Speak white!* à nos *pea soup* de grands-pères.

Bref, une première entrevue de marde qui ne me ferait vendre aucun livre et qui me vaudrait l'anathème de nationaliste intolérant dans tout le département. J'avais soudain une pensée pour Maxime de Vigeant, mon confrère immolé sur le bûcher de la vertu étudiante.

Les semaines qui suivent la publication d'un livre sont à la fois grisantes et décevantes. On espère tellement que le nourrisson suscite la curiosité, se démarque de tous les autres braillards dans la pouponnière, que la fée des médias se penche sur son berceau et qu'il plaise assez pour se faire adopter par le plus grand nombre.

En nouveau père, j'étais très soucieux de la santé de mon troisième bébé. Tétait-il assez du petit-lait des critiques ? Prenait-il assez de poids médiatique ? Je m'auto-*googlais* vingt fois par jour. J'entrais dans chaque librairie croisée « au hasard » pour vérifier l'intérêt qu'on lui portait, à mon petit *So watt*. Était-il en vitrine ? Bien en vue dans un étalage ? Jouissait-il d'une notice de recommandation des libraires ? Et, ô suprême consécration, trônait-il dans les palmarès des meilleures ventes ? Invariablement, j'étais déçu.

Parce qu'invariablement toutes les espérances se dégonflent et retombent, après avoir survolé le possible, comme la montgolfière de Courtial dans *Mort à crédit*. *So watt* n'était pas dans les présentoirs des nouveautés, encore moins dans les palmarès. Seuls les grosses pointures et les livres de cuisine y avaient droit. Mon livre était perdu dans la section Romans québécois, bien terré dans la section S, c'est-à-dire sur l'étagère à ras le sol. Il fallait se pencher et montrer son cul pour avoir accès à mes mots. Satané, Santerre… J'aurais dû, comme toi, Ferdinand, signer mon livre du nom de ma grand-mère : Cécile. Dans l'étagère des C, j'aurais été à la hauteur des yeux. Si j'étais chanceux, j'en vendrais quelques centaines. On était loin des trois mille consacrant un *best-seller* au Québec.

Comme Athéna sortie tout armée du crâne de Zeus, ce livre c'était la chair de ma chair. L'âme de mon âme. Une absolue synecdoque : « Mon livre, c'est moi. » Voilà pourquoi ça me faisait tellement mal qu'un étudiant en littérature le critique si durement. On veut que nos livres soient aimés parce qu'on veut être aimé. Ne me dis pas que tu n'as pas fait pareil, Ferdinand. Avec ton ablation de la modestie et ton hypertrophie de l'amour-propre, tu as dû être terrible. À surveiller les critiques. À tenir à l'œil les chiffres de vente. À houspiller ton éditeur. À tourmenter les libraires. Et toujours avec cette obsession cardinale : combien ? Combien d'exemplaires imprimés ? Combien de ventes ? Combien d'argent investi en promo ? Combien de recensions critiques ? Combien d'étoiles ? Sitôt son livre écrit, l'homme de lettres devient mathématicien.

Pour le *Voyage*, tu as dû te régaler les oreilles, Ferdinand. Un concerto de louanges juste pour toi. Un adagio de bravi bien sentis. On saluait le style, mais aussi le fond de ce premier roman sorti de nulle part : un assaut tambour battant contre la guerre. Un klaxon sans équivoque anticolonialiste. Un parti pris pour les petits. Oh, ça n'a pas été unanime, peu s'en faut. Ta grossièreté et ton pessimisme ont fait grincer bien de l'émail. Mais tu avais tes thuriféraires bien à toi, à gauche comme à droite. Tu as fédéré les anars et les réacs. Du rarement vu.

Au fond, c'est peut-être Trotski, un Juif communiste, qui t'a le mieux compris : « *Voyage au bout de la nuit,* roman du pessimisme, a été dicté par l'effroi devant la vie et par la lassitude qu'elle occasionne plus que par la révolte. Une révolte active est liée à l'espoir. Dans le livre de Céline, il n'y a pas d'espoir. »

À bâbord, ils ont cru que tu maniais le marteau et la faucille parce que tu parlais comme le peuple et que tu en décrivais les misères. Ils en ont bien bavé quand tu as balancé *Mea culpa* en 1936. C'est là que la gauche t'a largué, Ferdinand. Pas parce que tu étais antisémite : ils l'étaient tous plus ou moins à cette époque (même Jean-Paul avec son regard divergent). Parce que tu avais osé révéler les abjections du communisme soviétique. Avant la guerre, croquer du bagel, ça passait encore, mais casser des cocos, ça, le grand senestre ne te l'a jamais pardonné.

Les critiques, eux, t'ont accueilli, petit médecin des pauvres, à tour de bras ouverts dans le cénacle des zauteurs. À t'en donner le vertige. Et toi – faux modeste, mais véritable écrivain –, tu rencontrais les journalistes en sarrau, pour espérer faire croire que tout ce *Voyage* n'était qu'une escapade entre deux consultations au dispensaire de Clichy la rancie.

Un seul couac dans toute cette chansonnette : le Goncourt manqué. Ça, ça t'a bien fait transpirer qu'elle t'échappe, la médaille d'or des scribouilleurs. Victime des jeux de coulisses éditoriaux, tu as été bouffé par *Les loups* de Guy Mazeline, dont la postérité se souvient pour t'avoir bien involontairement volé le Graal. En entrevue, ce Mazeline a eu cette étonnante analyse pour expliquer la stylistique du *Voyage*: « La guerre de 14 avait libéré les écluses du langage. Céline est un soldat qui n'a pas été démobilisé. Il est entré dans la vie civile avec sa protestation de poilu. » Une parole issue des trachées de la guerre. C'est peut-être ça, ta petite musique au fond : une fanfare militaire...

Vrai que la guerre t'a marqué. Et pas seulement en te bousillant le bras droit. Après 14, de la musique, t'en avais plein la marmite. Littéralement. Trop d'explosions sur le front... Et, depuis, un Big Bazar d'acouphènes dans la cochlée. Sans arrêt. Des sifflets de bouilloire et du vent qui te passait d'un tympan l'autre. Une chaudière de locomotive emballée qui chauffait jour et nuit. Et, quand tu t'endormais, elle prenait toute la place, cette radio détraquée. Tu l'as bien expliqué dans *Nord*: « … je m'arrange avec bruits d'oreilles… je les écoute devenir trombones, orchestre complet, gare de triage… c'est un jeu!… si vous bougez de votre matelas… donnez un petit signe d'impatience, vous êtes perdu, vous tournez fou… »

T'étais fatigué, Ferdinand. Toujours. On le serait à moins. T'avais jamais un sommeil jusqu'au bout de ta nuit, que des miettes de sieste. Se pourrait-il que ce soit cet abattement et cette musique maudite qui aient donné le ton aux pamphlets? Quand on entend tout le temps les soufflets déréglés d'un orgue de Barbarie, faut-il s'étonner de devenir soi-même ogre et barbare?

Quoi qu'il en soit, ton Renaudot, c'était la cruelle médaille d'argent d'un champion trop confiant, coiffé au fil d'arrivée. Ta revanche, tu l'a prise à la caisse. Là, ça cartonnait. Les presses tournaient jour et nuit pour fournir tous les passagers du *Voyage*. Les jurys peuvent errer, mais le public, lui, ne se trompe jamais.

Avec tous ces droits d'hauteur, tu étais au sommet. Après l'Everest dès le premier roman, on ne pouvait espérer rien de moins que l'Olympe pour ton deuxième effort. Mais le passé n'est pas garant de l'avenir. *Mort à crédit*: un bide. Un four. Et à pain encore, bien profond, le four.

Pourtant, c'était ton favori, Ferdinand. Ce que tu considérais que ta petite musique avait fait de mieux. L'autofiction de ton adolescence dans une France encore vierge des deux grands abattoirs. Tu as tout mis de toi dans ce machin. C'est sans doute pourquoi ça t'a fait tant de peine qu'il ait été reçu dans l'indifférence la plus totale. Quelques mauvaises critiques autour de la scatologie et de la vulgarité du livre. Et ce fut tout.

Tu as toujours cru *Mort à crédit* supérieur au *Voyage*. Le bruit de criquet qui a suivi la naissance de ton préféré t'a tué. Ce silence explosif, ton ego ne s'en est jamais remis, Ferdinand. Il faut dire qu'on était en 1936 et que les nazis commençaient à piaffer de la botte outre-Rhin. Alors les aventures nauséeuses d'un morveux de la Belle Époque, la France s'en branlait la baguette…

Qu'aurait été ton parcours si on avait hurlé au génie avec *Mort à crédit*? Aurais-tu assumé pleinement ton statut d'écrivain sans toujours te cacher derrière ton stéthoscope? Qui sait…? Serais-tu devenu quand même un vieillard ranci en veste de laine? Possible… Aurais-tu quand même éructé tes pamphlets? Sans doute… Mais à quoi bon découper l'histoire avec des *si*? Comme l'a si bien imaginé Schmitt avec Adolf, on ne connaîtra jamais la part de ton autre…

Au département, je sentais peser sur moi le poids des regards malaisants. Un sentiment diffus, indicible, mais pourtant bien réel. Autant parmi les étudiants que les profs, je laissais dans mon sillage un silence de gêne engluée. Personne ne me parlait de mon livre. Les publications de mes confrères (et surtout de mes consœurs) étaient régulièrement exposées dans une vitrine près du secrétariat. Cette fois, c'était *Braises de nous*, le premier recueil de poésie de Marie-Christine Vollant. De courts poèmes, presque des haïkus, en français et en innu. Non seulement *So watt* brillait par son absence dans la vitrine du département, mais il n'avait suscité aucune réaction de la part de mes collègues. Strictement aucune. Comme la naissance honteuse d'un enfant difforme au Moyen Âge.

McKay m'en avait fourni l'explication en passant à mon bureau avec le journal étudiant contenant la critique de Gaspard à la une. Il a lu des extraits, fort, pour que tout le monde entende.

— « *So watt*: une dangereuse dystopie qui s'enterre dans les préjugés. [...] C'est bien écrit. Trop bien même. Aussi enjôleuse et créative soit-elle, cette langue distille des idées venimeuses. Au final, ce roman raciste de nationaliste frustré aurait pu s'intituler *So plate.* » Passons sur les calembours douteux; t'es rendu dangereux, rien de moins. Céline serait fier de toi.

— Il se contredit, quand même. Si c'est si plate que ça, ça peut pas être dangereux.

— Depuis quand on exige de la cohérence de la part des critiques ?

McKay s'est en allé, avec son fameux sourire mi-chair, mi-poisson impossible à décoder. Je ne savais pas si ce sourire dédramatisait ou savourait ma mauvaise critique. Ti-Coq s'est arrêté dans le cadre de porte pour me cocoriquer son appui.

— Ben moi, je l'ai lu ton livre pis j'ai ben aimé ça. C'est ambitieux, bien construit et très bien écrit. Ça m'a fait réfléchir à l'indépendance. Ça faisait vingt ans que ça m'était pas arrivé. Certainement ce que t'as fait de meilleur. Bravo, Achille.

— Merci, Gervais.

Brave Ti-Coq. Le seul qui m'avait lu. Tous les autres, y compris McKay, me condamneraient sur la foi de l'article de Gaspard. Ah celui-là, tout le monde le lirait ! Pourquoi se taper un roman quand on peut clore l'affaire avec une critique étudiante de deux pages ? Santerre ? Un autre nanationaleux xénophobe. Suivant !

Tant pis, j'assumerais jusqu'au bout d'être la honte du département. Et je brandirais mon infréquentabilité comme un drapeau. Toi, Ferdinand, tu ne t'es jamais embarrassé d'être infréquentable.

L'attachée de presse avait quand même réussi à m'obtenir deux autres entrevues. Une à Radio Bla bla bla, l'autre à Q Radio. Ma grande virée médiatique avait lieu tout juste avant la réunion de département. Avec un peu de chance, les entrevues dureraient suffisamment longtemps pour m'éviter ce synode insignifiant.

C'était la première fois que je posais mes tatanes dans la nouvelle maison de Radio Bla bla bla depuis son déménagement, effectué avec tout le faste des transbahutements de la cour de Louis XIV entre le Louvre et Versailles. Du vieil étron droit dressé à la rutilante cabane en sucre candi, c'était véritablement d'un château l'autre, Ferdinand. La nouvelle piaule était un assemblage tout en verre, qui se voulait diamant, mais qui sentait le cristal synthétique. Quand il était question d'argent public, il fallait faire attention de ne pas trop « scintiller dans l'éclat », pour le dire comme Foucault. Toute cette transparence offrait aux passants le privilège d'admirer les radioblablateurs et les radioblablatrices au travail. On pouvait ainsi vérifier en direct la judicieuse utilisation des taxes et des impôts.

Dans la maison, ça respirait d'aise et ça gloussait de plaisir. Tout le monde était satisfait d'être content, avec le sentiment de poursuivre une tradition de rigueur et d'excellence, qui s'était malheureusement étiolée depuis le départ de Bernard Derome. La qualité de la langue, notamment, en prenait pour son rhume et sa bronchite, avec tous ces plus jeunes incapables de traduire le lexique de leur pensée importée du *New Yorker*.

À mon arrivée, une file coagulait devant la guérite d'accueil. Le vigile de trop bonne humeur aspergeait d'anecdotes une comédienne connue, qui voulait juste qu'on la laisse passer. Une jeune recherchiste, portant un chandail trop court et une tuque de matelot roulée sur le bout de la tête, est enfin venue m'escorter jusqu'au studio. Une tuque à Radio Bla bla bla… On était loin de Judith Jasmin…

La jeune était polie, mais peu loquace. Elle devait avoir lu mon livre pour être si froide. Je devenais parano. Comme toi, Ferdinand. Nous avons croisé un convoi d'élèves à qui des guides extatiques faisaient visiter la nouvelle maison comme s'il s'agissait de la chapelle Sixtine. Auraient mieux fait d'être en classe à plancher sur l'histoire du Québec, mais bon. Fallait devoir s'y faire : dans le nouveau cursus scolaire, la Nouvelle-France était dorénavant reléguée entre le mésozoïque et le précambrien.

Dans l'antichambre de la régie, on m'a stationné sur un strapontin, en attendant mon tour au micro. De part et d'autre du vitrage, une demi-douzaine de personnes s'activaient, blablataient et pitonnaient ferme. À part un technicien bien tassé dans un coin, j'ai noté que j'étais le seul porteur du chromosome Y. Pas très paritaire, tout ça…

J'étais nerveux. L'émission était écoutée par quantité de baby-boomers férus de littérature à qui je pouvais donner le goût de me lire. Mais je ne me faisais pas d'illusions. Bonhomme blanc souverainiste, je n'étais pas en terrain ami à la radio d'État fédérale.

Et puis on m'a fait entrer. À droite de l'animatrice, une fille perdue sur sa tablette m'a à peine adressé un regard. Politesse d'usage avec l'animatrice, test de son, musique thématique avec trop de saxophone, et c'est parti.

— Achille Santerre, vous êtes originaire de Québec, plus précisément de Sillery. Vos deux parents étaient sous-ministres ; votre mère à la Justice, et votre père à l'Éducation. Vous avez étudié la littérature à l'Université Laval. Votre thèse de doctorat porte sur Louis-Ferdinand Céline et s'intitule joliment *Voyage au bout de la nuit : de la petite musique avant toute chose.* Beau clin d'œil à Verlaine, en passant.

Elle avait quand même des lettres, cette animatrice.

— Vous enseignez la littérature à l'UMAQ. Incidemment, au même département que Marie-Christine Vollant, que nous recevions la semaine passée à cette émission, avec un grand bonheur. En 2010, Achille Santerre, vous publiez *Rang croche,* votre premier roman, une histoire sordide dans le Québec profond des années 1950. En 2017, vous publiez un essai remarqué jusqu'en France, *Écrire après le* Voyage, une réflexion sur la difficulté d'écrire après avoir lu des classiques. Spécialiste de Céline, vous donnez régulièrement des conférences. Vous vous intéressez particulièrement au style en littérature. Et là vous venez nous présenter votre deuxième roman, *So watt,* publié aux Éditions Jachère. De quoi ça parle, *So watt*?

— C'est une dystopie politique québécoise. En 2076, j'imagine un Québec électrique prospère qui réalise son indépendance par et avec les Premières Nations.

— L'indépendance en 2076. On est vraiment dans la science-fiction. Vous trouvez pas que c'est dépassé comme idée ?

— Par définition, on ne peut pas dépasser ce qui n'est pas advenu.

— Oui, mais les Québécois ont quand même dit non à deux référendums. Et les jeunes soutiennent de moins en moins cette idée.

— Miron disait : « Tant que l'indépendance n'est pas faite, elle reste à faire. » Mais, pour répondre à votre question initiale, ce qui est dépassé, c'est la mécanique référendaire. Inspiré par la tabagie de Tadoussac de 1603 et la Grande Paix de 1701, je propose une décolonisation fondée sur un nouveau partenariat politique avec les onze nations autochtones du Québec. J'appelle cette alliance le Québec des 12.

— D'ailleurs, votre livre anticipe une République québécoise avec un Sénat des régions, l'abolition de la loi sur les Indiens et une représentation politique statutaire des onze nations autochtones au Parlement. Ça, c'est franchement inédit.

— Tout comme les Québécois, les Autochtones ont des problèmes avec le gouvernement fédéral et sont inquiets quant à l'avenir de leur identité. Même s'ils sont peu nombreux, ils ont un grand pouvoir juridique et diplomatique, surtout à l'international. Ils peuvent tout aussi bien bloquer l'indépendance que la propulser. Alors autant les mettre dans le coup. C'est ce que les souverainistes n'ont jamais compris.

— Cet aspect de *So watt* est plutôt réussi. On voit que vous avez fait vos recherches. Par contre, y a une chose qui m'a frappée : ça manque de femmes dans vos livres.

Forcément, on allait y arriver. Et voilà, on y était.

— Pourtant, dans mon premier roman *Rang croche*, le personnage de la mère est central.

— Oui, mais c'est une mère acariâtre, contrôlante, violente et complètement folle. Vous ne brossez pas un beau portrait des femmes.

Fallait lui donner ça : même si j'avais l'impression de me faire interroger au Tribunal pénal international, elle avait lu mes livres.

— Je ne brosse pas le portrait des femmes. Je brosse le portrait d'une femme. Je me suis inspiré de la mère d'Edward Gein, un détrousseur de tombes du Wisconsin dans les années 1950. Cette femme a existé. En tant que créateur, je me donne le droit d'en rendre compte. Et, même si elle n'avait pas existé, j'aurais quand même le droit de l'inventer. On est dans la fiction. Et, comme Hugo l'a justement résumé : « En poésie, tout a droit de cité. »

Elle revenait à la charge.

— Dans *So watt*, les personnages féminins gravitent en périphérie du narrateur Joseph Coon Come. Ce sont essentiellement des faire-valoir stéréotypés. Vous n'aimez pas les femmes fortes ?

— Bien au contraire, puisque je suis avec vous en ce moment. Mais, étant donné que je suis un homme, je ne voulais surtout pas faire d'appropriation sexuelle.

Sourire en coin, j'étais mi-figue mi-raisin. L'animatrice ne savait pas trop si j'étais sérieux. J'ai renchéri :

— Vous savez, c'est compliqué ces temps-ci d'écrire pour un bonhomme blanc. S'il ne parle que de lui et de ce qu'il connaît, on lui reproche d'être paternaliste, phallocentré et insensible aux minorités. S'il se glisse dans la peau des minorités, même avec une grande sensibilité, on le taxe d'appropriation culturelle ou de kidnapping narratif. Pour *So watt*, je me suis documenté, je suis allé dans les réserves, et j'ai fait valider le livre par deux Cris et une Mohawk.

Santerre : 1 ; animatrice : 0. Elle a parcouru ses notes avant de réembrayer sur un autre sujet, signe qu'elle me concédait le point, mais pas le match.

— Dans *Rang croche*, vous exposez le Québec des années 1950 sous le joug de la religion. Avec *So watt*, vous projetez le Québec dans un futur fantasmé. Pourquoi éviter de parler du présent ? Avez-vous peur de notre époque, Achille Santerre ?

Santerre : 1 ; animatrice : 1. Ça, c'était bien envoyé. J'ai dû réfléchir avant de répondre.

— Bonne question… C'est évidemment inconscient, mais il y a certainement une part de moi qui a peur. La censure est bel et bien de retour en Occident. C'est une très mauvaise nouvelle pour les profs et les artistes. Parce que les censeurs peuvent être extrêmement désagréables. J'ai un collègue qui a perdu son poste de professeur à force de se faire harceler par des étudiants. Par définition, les morts et les gens du futur ne peuvent pas se venger. Alors, oui, peut-être que je me protège en évitant l'air du temps.

— Achille Santerre, je rappelle que vous serez en séance de signatures la semaine prochaine au Salon du livre de Montréal. Votre roman *So watt* est publié aux Éditions Jachère. Merci beaucoup d'avoir été avec nous.

— Avec plaisir. Merci de m'avoir reçu.

Musique thématique avec encore beaucoup trop de saxophone. Salutation polie à l'animatrice. Retour à l'accueil sous escorte de la jeune recherchiste tuquée. L'animatrice n'avait pas trippé sur le livre, mais elle avait aimé :

1. le titre de ma thèse ;
2. mon essai sur le *Voyage* ;
3. les Amérindiens dans *So watt*.

Somme toute, je m'en étais plutôt bien tiré. Mieux qu'avec Gaspard. Et maintenant : Q Radio.

Là, c'était moins glorieux. Un décor criard de mauvais goût. Une agitation de radio commerciale, mais avec les moyens d'une radio communautaire ;

décidément, la radio Internet, c'était pas la terre promise. Contrairement à Radio Bla bla bla, qui se la pétait bien tranquille avec la certitude d'être certaine, il régnait une agitation ostentatoire qui vous faisait bien comprendre qu'ici-on-était-pas-payés-par-les-taxes.

Personne pour m'accueillir. J'attendais devant le studio, bien planté comme un rhododendron. L'animateur m'a finalement aperçu par la fenêtre. Tout en continuant son monologue, il m'a fait signe d'entrer.

Il vociférait contre l'immigration. Encore. Avec son émission de radio, son émission de télé et sa chronique dans le journal, c'était un opinioniste professionnel. Une usine à convictions. Une manufacture d'avis. Dans ses chroniques écrites, pour s'assurer d'être bien compris, il tutoyait ses lecteurs en MAJUSCULES. Un assiégé intellectuel. Retranché dans ses idées, il ne pouvait plus reculer. Alors il montait aux barricades et, en bon croisé, tentait chaque jour de reprendre Jérusalem aux infidèles. Taïaut ! Sus aux Sarrasins !

Ça t'aurait plu, ça, Ferdinand. Des mégaphones à la tonne pour tonitruer ton dépit à bouche que veux-tu. Et allons-y donc. Après la guerre, à Meudon, le problème c'étaient les Chinois. Ah que tu as donc voulu nous prévenir des dangers du péril jaune... Mais personne ne t'écoutait. Tu couinais dans le désert. Au fond, tu étais un avant-gardiste. Tu as précédé de trente ans l'ineffable Bob Gratton et son célèbre constat : « Elvis Wong ! [...] Un autre qui s'en vient voler nos *jobs* ! » Désolé de te le redire, Ferdinand, mais vers la fin de ton parcours il y avait du jeu dans tes rivets. Complètement fêlé de la bouilloire. Tout craqué, ton bocal.

L'animateur m'a intégré dans son émission par l'entremise d'un lien douteux sur l'immigration massive. Citant des extraits choisis du communiqué de presse, il prenait mon livre pour une charge contre la diversité. Parmi sa pile de papiers, l'exemplaire de *So watt* était encore neuf. Vraisemblablement, il n'avait pas été ouvert.

En gros, il n'avait rien lu, mais recommandait chaudement *So watt* à son public de nanationaleux paranos. J'avais beau insister sur le fait que mon livre était une fiction d'anticipation et la nécessité de considérer les Autochtones dans l'avenir politique du Québec, il ne retenait que la submersion de Montréal par l'immigration et la promulgation de l'indépendance comme réponse à tous les maux. À la toute fin, il m'a posé une colle :

— OK. Entre un Québec pays anglais et un Québec province français, vous choisissez quoi, Achille Santerre ?

— Hum… La différence francophone justifie le pays, et le pays fortifie le français. L'un ne va pas sans l'autre. Ça prend les deux. Une république du Québec en français.

— Mais si vous deviez choisir entre les deux ?

— Je dirais la province en français. Au nom de la diversité des cultures. Même si je ne crois pas à la survie du français au Canada.

— On est d'accord. Merci, Achille Santerre. *So watt*, un livre courageux, un livre nécessaire. À lire absolument. (*Dixit* l'animateur qui n'avait lu que le communiqué de presse.)

L'animateur ayant encore beaucoup de choses importantes à dire sur beaucoup d'autres sujets, l'entrevue s'est terminée abruptement, sur un fond de musique techno-rock pour adolescents attardés. Je ne savais pas si je devais me réjouir d'une pareille caution. Roland Barthes avait bien raison en décrétant la mort de l'auteur ; étonnant à quel point un lecteur pouvait réécrire un livre. Surtout quand il ne l'avait pas lu…

À la réunion de département, l'attitude à mon endroit avait imperceptiblement changé. Mes collègues me regardaient du coin de l'œil, avec une intangible déférence. M'apercevant, Stéphane Richard est venu vivement vers moi, en remontant les marches de l'auditorium quatre à quatre. Trébuchant sur la dernière, il m'est pratiquement tombé dans les bras pour me congratuler avec ostentation.

— Bravo, Achille. Très bonne entrevue. Dans les dents, la bien-pensance de Radio Bla bla bla.

J'avais bien esquivé, envoyé quelques directs et, surtout, évité le K.-O., mais je n'avais pas souvenir d'avoir gagné le duel. Richard m'imaginait en chevalier qui avait vengé son honneur de bonhomme blanc déchu.

Ainsi, mes collègues avaient écouté l'entrevue. Évidemment. Au département des littératures, toutes les oreilles étaient tournées en permanence en direction du minaret de Radio Bla bla bla, et l'émission littéraire, c'était l'appel à la prière. La plupart avaient sans doute espéré me voir déchiqueté par l'animatrice. Savourant ma petite victoire, je les sentais surpris et déçus de me voir toujours debout. À leurs regards en biseau et leurs chuchotements entendus, je devinais qu'ils ne m'estimaient pas pour autant, pas plus qu'ils ne liraient mon livre, mais je percevais une sorte de respect sourd et de jalousie diffuse. Radio Bla bla bla, c'était quand même la consécration ultime dans un département de lettres.

McKay est venu nous rejoindre au fond de la salle.

— Tu t'es bien tiré d'affaire. Très bon, le coup de l'appropriation sexuelle.

Ti-Coq faisait des arpèges sur son téléphone, à grands coups de *swipes* sur le site de rencontres. Il n'avait pas écouté l'entrevue et s'enquérait de mes conquêtes. Je l'ai briefé brièvement sur le fiasco Mélanie. Il était catastrophé.

— On s'en fout qu'elle parle tout le temps. T'avais un filet désert pis t'as même pas tiré. As-tu eu d'autres *matchs*?

— Non. Ch'us pas vraiment retourné sur le site. Ça va me prendre plus que des photos de bikinis pis de promenades en forêt pour me redonner le goût d'une fille.

— Dommage. Elle était vraiment chaude, la Mélanie. As-tu son numéro de téléphone?

Napoléon Cherenfant est arrivé, avec son retard habituel de dix minutes. La réunion départementale a commencé. Le déblablatérage à son paroxysme, Ferdinand. Ça se gargarisait le gosier avec une novlangue javellisée. Ça se rinçait la cochlée à grands jets de phrases vides. Paroles et paroles et paroles… Alain Delon s'enlisant dans sa litanie.

Jusqu'à ce que la réunion dérape. Dans le ravin, avec des vrilles, des tonneaux et un écrasement explosif. Dave Dubé, spécialiste des littératures urbaines, avait mis à l'étude un texte du rappeur Kendrick Lamar: « Bitch, Don't Kill My Vibe ». Scandalisée par le mot *bitch*, Marie-Claude Hébert, autrice de l'essai *Y: le chromosome en trop*, est montée aux barricades. Amanda Okoye, panthère noire à l'afro hypertrophié, a expliqué que les rappeurs noirs avaient le droit d'utiliser des termes oppresseurs en vertu de leur oppression par les Blancs. Les féministes plus vieilles n'en démordaient pas: le mot *bitch* était misogyne et ne devait être employé sous aucun prétexte. Leurs consœurs plus jeunes considéraient que les femmes pouvaient se réapproprier le mot en B, comme les Noirs l'avaient fait avec le mot en N. Les gays et les transgenres non racisés ne savaient pas trop de quel bord se ranger. Le grand senestre écartelé dans son intersectionnalité. Devant l'impasse, Amanda a demandé pourquoi c'était un Blanc qui enseignait le cursus hip-hop. Piqué au vif, Dave a répondu qu'il écoutait du rap depuis qu'il avait cinq ans, que sa thèse de doctorat portait sur l'intertextualité dans l'œuvre de MC Solaar et qu'en ce sens il s'estimait plus qualifié que Napoléon, qui ne jurait que par Harmonium et Vivaldi.

Chargée de kérosène, la salle s'est embrasée. Un pandémonium. Toute la gauche inclusive rugissait ses concepts intersectionnels sans s'écouter. Toi, les embrouilles, t'aimais bien, Ferdinand. Dans les réunions parisiennes à la mode avec tes petits amis fachonistas ou à Sigmaringen avec des officiers nazis à table, t'emmerdais tout le monde. Que tu marmonnasses seul dans ton coin ou que tu prisses le crachoir à deux mains, tu n'avais pas ton pareil pour saboter les discussions avec tes délires monomaniaques et tes furies intempestives. Une forge à malaise, le Céline. Dans le capharnaüm de cette réunion départementale, tu te serais régalé.

Assise à ma droite, indifférente au tumulte, Marie-Christine Vollant s'est penchée vers moi pour me chuchoter :

— Bonne idée, le Québec des 12.

— *Tshinashkumitin.*

— Penses-tu qu'on pourrait faire ça avant 2076 ?

Je lui ai désigné du regard la vingtaine de profs en train de s'engueuler.

— Ça va être difficile de rédiger la nouvelle Constitution. En passant, j'ai bien aimé ton recueil.

— Merci.

— Très bon titre, *Braises de nous.* Ça donne le goût d'aller sur la Côte-Nord et d'apprendre l'innu.

— Il n'est jamais trop tard pour apprendre une langue.

Elle a souri délicatement. Ornementé d'aiguilles de porc-épic, son hidjab arborait des broderies traditionnelles innues. Très élégant. Mais est-ce que ça pouvait être considéré comme de l'appropriation culturelle ? Tout ça devenait compliqué, Ferdinand.

La zizanie faisait rage. Richard et McKay corrigeaient des copies. Ti-Coq parcourait la Toile à la recherche d'une fille. Et moi, je regardais Rome brûler avec le sourire de Néron.

Napoléon, lui, en avait plein les bras. De sa voix caverneuse hypnotique, il a fini par ramener tout le monde à l'ordre et demandé à Dave de proposer une lecture alternative pour les étudiant·e·s qui en sentiraient le besoin. Dave a suggéré « WAP » de Cardi B, et tout le monde s'est calmé.

Chaque année depuis trois ans, j'avais l'habitude de prendre une fin de semaine tout seul avec ma belle Flavie. Elle devait rédiger une liste de tout ce qu'elle voulait faire avec moi. C'était notre petite tradition bien à nous. Tous les ans, elle me demandait :

— Papa, c'est quand qu'on fait la liste ?

Invariablement, elle voulait aller à l'hôtel, se baigner et manger une crème glacée. Cette année, elle voulait aussi visiter un musée. Derrière ces petites activités banales, une simple demande : du temps. Du temps juste à elle de la part de son père. Comme un cadeau. À Flavie. De papa. Mais du temps, ça se commande pas sur Amazon. Il faut le puiser en soi.

Cette année, j'avais réservé une nuit dans un hôtel du centre-ville. Avec une piscine, bien sûr. On a fait nos valises et on est partis en vacances en métro. Dans les corridors, les roulettes de nos valises mitraillaient les tuiles. Ma fille me précédait avec entrain. J'avais toute Flavie devant moi. Signe des grandes sorties, elle avait passé sa petite sacoche rose en bandoulière. Une enfant-femme. L'oscillation rebondissante de sa queue de cheval disait toute sa joie. Pure joie juvénile contagieuse.

Sur Sainte-Catherine, on faisait semblant d'être des touristes de Québec, le cou cassé, pour bien s'abreuver de la verticalité de la ville. Tout ce béton qui nous écrasait, toutes ces lignes de fuite qui nous aspiraient vers le ciel. Ce n'était pas New York, Ferdinand, mais ça faisait son effet.

— C'est grand, Montréal.

Au coin de Saint-Laurent, une épave humaine mendiait bien à genoux, amas de loques et de *dreadlocks*. Avachi dans ses nippes et sa crasse, il tendait la main bien haut en courbant la tête bien bas, tout en misère et en humilité.

— *Change, please.*

— Désolé.

J'étais tout mal de lui refuser l'obole. Je me sentais avili moi aussi. Tout honteux d'égoïsme. J'avais décliné par réflexe. Je ne pouvais quand même pas financer toute l'indigence de Montréal. Flavie avait tout vu.

— Qu'est-ce qu'il a dit, le monsieur?

— Il voulait de l'argent.

— Pourquoi tu lui en as pas donné?

— J'en ai pas.

— Mais oui, t'en as de l'argent, papa. T'as acheté des billets de métro.

Ma fille avait parlé fort. J'étais pris en flagrant délit de pingrerie.

— T'as raison. Tiens, va lui donner ça pour qu'il puisse manger.

Avec mille précautions, elle est allée déposer une poignée de métal cliquetant dans la paume crevassée qui émergeait des haillons. Elle est revenue à moi en gambadant de légèreté. Et voilà. Par l'intermédiaire d'une enfant, j'avais lâchement lavé ma conscience de nanti, comme on achetait jadis des indulgences pour gagner son ciel.

On s'est arrêtés dans un magasin de revues. Échecs, *tattoos*, autos modifiées, astronomie, toutes les passions du monde avaient droit à leur couverture glacée. Signe des temps, la section bouffe couvrait un pan de mur complet, alors que les femmes de petite vertu étaient réduites à un racoin peu fréquenté. Les charlottes aux fraises et le koulibiac dégoulinaient d'obscénité. La porno avait migré de la chamb la cuisine.

J'ai pris un *Nouveau Magazine littéraire* sur Houellebecq. Flavie a choisi une revue de bricolage. Le commis ne parlait pas français. Bien fini le temps du *Sorry I don't speak French.* J'en étais quitte pour un regard confit de mépris. Il devait étudier à McGill. Ou à Discordia. Ou pas. On pouvait dorénavant embrasser le monde bien à son aise tout en anglais au campus montréalais du Cégep de la Gaspésie et des Îles. En tout cas, le Saxon avait inversé le fardeau de la honte. Je me sentais tout mal de vouloir être servi chez moi dans ma langue. J'avais presque envie de m'excuser de lui avoir agressé les tympans avec mon idiome idiot, restant d'accident historique en Amérique. Étrange, tout de même, que les tenants de la pluralité des cultures n'aient plus qu'une seule langue en bouche quand venait le temps d'articuler la diversité.

Flavie était très fière de payer elle-même sa revue avec son argent, puisé dans sa petite sacoche. Elle a gratifié le commis d'un *thank you* plein de gentillesse. Tout comme Baryton dans son asile, ma fille était juste trop heureuse de pouvoir pratiquer son anglais. J'ai songé à lui rappeler que c'était important de parler français à Montréal et puis je me suis soudain senti très épuisé. La fatigue culturelle du Canada français d'Aquin m'est tombée dessus. Tout d'un coup. Comme un bloc erratique. Écrasé par le poids du destin collectif des francophones en Amérique.

— Pourquoi le monsieur parlait pas français ?

Que répondre ? Tout le théâtre de l'assimilation d'un peuple venait de se jouer dans ce dépanneur. C'est l'histoire du petit Québec, un enfant qui ne veut pas d'histoire avec les grands. Finalement, l'anglosphyxie de Montréal imaginée dans mon roman pourrait survenir bien avant 2076.

— Je ne sais pas, ma belle. Peut-être parce que personne ne veut parler français avec lui. Promets-moi que tu vas toujours parler français, OK?

— C'est sûr, c'est ma langue.

— Et tes enfants aussi.

— Si j'en ai.

Après les grands élans libérateurs collectifs des années 1960, j'en étais rendu à espérer que mes petits-enfants me comprennent sur mon lit de mort.

Et, comme toujours dans mes instants d'abattement, Flavie reprenait le dessus. En se rendant au musée, elle a proposé de jouer à inverser les rôles. Elle serait l'adulte, et moi, l'enfant. Faisant fi des passants, je gambadais inopinément en chantonnant, tournoyant autour des lampadaires, trottinant gratuitement et sautant par-dessus les craques de trottoir. Flavie riait. Et, dans le brouhaha saxon de la métropole amputée de son accent aigu, j'entendais son rire en français. Tant que ma fille rirait, tout serait possible.

Au coin de la rue, elle est devenue sérieuse et grave. Elle a baissé la voix pour prendre un ton de parent qui n'entend plus à rire.

— Flavie, calme-toi. Donne-moi la main.

Pour jouer le jeu, j'obéissais en regimbant. Elle me tenait la main plus fort. Son ton était plus autoritaire.

— Flavie, c'est sérieux ! Y a des autos, attention !

Sur le trottoir, je continuais de tourbillonner à tout vent. Ma fille me grondait :

— Flavie, regarde où tu vas. Attention aux gens.

Cette inversion des rôles, c'était fascinant pour voir ce que l'autre pensait de nous. Alors que je percevais ma fille comme un typhon insouciant, elle m'imaginait en caporal aboyeur. Très révélateur. Et très peu flatteur…

Au musée, Flavie mangeait les murs avec ses yeux. Elle a été avalée par les toiles de Riopelle. Submergée par les geysers jubilatoires d'*Espagne*. Aspirée dans les détails du *Perroquet vert*. Elle regardait les toiles de loin, s'approchait, notait mille détails qui m'échappaient, partageait ses impressions.

— On dirait que c'est n'importe quoi, mais je trouve ça beau.

En d'autres mots : Riopelle, concepteur de chaos organisé, architecte du dessin intelligent. Pour peu qu'on les écoute, les enfants sont les seuls critiques d'art qui vaillent. Canevas vierge de tout a priori, les seuls dont l'avis importe, au final.

À l'hôtel, Flavie s'est extasiée devant la grandeur du lit *king* et la vue qu'offrait notre chambre sur le centre-ville. En repérant les deux grandes cheminées de l'incinérateur, on a essayé de localiser mon appartement. Bien beau tout ça, mais on avait quand même une liste à cocher.

— Papa, faut aller se baigner.

Personne à la piscine, sauf la salvatrice juchée sur sa chaise. Elle n'avait même pas droit à son téléphone pour déjouer son emmerdement. Que pouvait-elle penser de nous ? Elle espérait peut-être qu'on se noie, pour qu'il survienne enfin quelque chose dans sa journée. Flavie exultait. Elle barbotait comme une loutre. On a fait des concours de natation. On a retenu notre souffle sous l'eau. J'ai essayé de la lancer le plus loin possible. Flavie n'en avait jamais assez et son rire m'éclaboussait. J'en oubliais la censure à l'université, la médiocrité de mes étudiants, l'indifférence envers mon livre, ma solitude amoureuse et la pauvreté de mes amitiés. Jouer avec un enfant réactive un bonheur tout simple. Au début, les engrenages grincent, et puis le mécanisme remet en marche un mouvement enfoui très loin en soi. Un enfant est un vaccin contre le cynisme.

J'ai laissé Flavie patauger et je me suis allongé sur une chaise sous la verrière pour lire ma revue. Cet ersatz de décor vacancier m'a rappelé un extrait anthologique dans *Plateforme*, où le narrateur termine son inventaire des estivants autour de la piscine d'un hôtel en Thaïlande par la description d'un sosie de Robert Hue. Pas le président du PCF lui-même, mais son double. Blanc comme un fromage. Avec ses lunettes et son collier de barbe. Cette vision, je l'ai rie à voix haute plus d'une fois. Je ne sais pas trop pourquoi, mais après Gaston Lagaffe, Houellebecq reste celui qui m'a fait le plus rire en littérature. Peut-être à cause de son style scalpel, sujet-verbe-complément, avec le détail qui tue. Un style pince-sans-rire, décalé et fabuleusement irrévérencieux. Par exemple, dans *Extension du domaine de la lutte*, Michel qualifie le papier peint d'une chambre d'hôtel de « décevant ». Ce choix d'adjectif insolite, c'est du pur génie. Avoue, Ferdinand. D'imaginer qu'on puisse avoir des attentes envers un revêtement mural en dit long sur la capacité d'un écrivain à saisir l'ampleur de la détresse humaine.

Houellebecq m'a aussi bien déprimé. Sa lucidité glaciale sur l'épuisement de l'Occident et son dégoût de lui-même me laissaient toujours dans un état de grand accablement. Un peu comme toi, Ferdinand. Vous avez tous les deux révélé les travers de vos époques, avec chacun votre style novateur et votre humour acéré. Et vos obsessions maladives. Toi, les Juifs. Lui, les musulmans. À un siècle d'intervalle, deux faces d'une même médaille oxydée. Fait à noter, vous avez tous les deux choisi de vous rebaptiser en l'honneur de vos grands-mères.

Lui t'a lu, mais préfère Proust. Michel étant Michel, il te trouve meilleur pamphlétaire que romancier. Mais toi, qu'aurais-tu pensé de Houellebecq, Ferdinand ? Je vous vois tous les deux : toi avec ta canadienne et tes vieilles galoches, lui avec son parka Camel Legend et ses Paraboot Marche. Avec chacun vos tronches de vautours avilis et vos voix aigries. Que n'auriez-vous pleurniché sur le sort du monde dans un souper en tête-à-tête. Quoique tu aurais probablement pris les commandes et détourné la conversation, aussi sûrement que Mohammed Atta a fracassé l'avion dans la tour nord du World Trade Center. Et Michel, infailliblement *déçu* par la décoration du restaurant, t'aurait écouté monologuer, en fumant sa cigarette entre son majeur et son auriculaire.

De retour à la chambre, on s'est fait livrer de la nourriture libanaise. Flavie s'est régalée de salade fattouche. Après le souper, ma fille s'est mise à l'ouvrage avec le *kit* d'aquarelle contenu dans son magazine. Elle a coloré de mille éclaboussures des feuilles du bloc-notes sur le bureau. Gorgée de sa visite au musée, elle a restitué en dix minutes une mosaïque éblouissante, inspirée des giclures de Riopelle. Dire que Picasso a passé sa vie d'adulte à essayer de peindre comme un enfant… C'était pourtant simple : il s'agissait d'arrêter de vieillir.

Après le bain, Flavie a sorti la liste de sa petite sacoche rose pour en cocher tous les éléments.

— Il manque juste la crème glacée, papa.

— On aura le temps demain. Bonne nuit, ma belle.

— Merci, papa, pour la belle journée. Je t'aime.

Il suffit de si peu pour contenter une enfant.

Elle s'est érigé une barricade de coussins sur le lit. Bien à l'abri, remplie de sa journée, elle s'est coulée dans un sommeil contenté. Allongé à côté d'elle dans l'obscurité de la chambre, je contemplais les lueurs fantomatiques de la ville en flattant les cheveux de ma belle Flavie. Toutes ces lumières étaient autant de connexions neuronales d'un grand cerveau qui ne cessait jamais de fonctionner.

Comme beaucoup de créatifs, Flavie était formidablement bordélique. Elle avait réussi à transformer la chambre en foutoir incommensurable. Des bouts de papier partout, de la peinture sur le bureau, un verre d'eau brunâtre délayée d'aquarelles, des vêtements par terre. Un typhon insouciant avait déferlé dans la chambre. En rangeant son bordel, j'ai fait tomber sa petite sacoche rose avec des brillants dorés, renversant son contenu sur la moquette. Le sac à main de Flavie contenait tout son petit monde de fille de dix ans. Quelques pièces de monnaie, un billet de métro pour le retour demain, un tube de baume à lèvres, sa clef de cadenas de vélo, un signet qu'elle avait fabriqué et un petit carnet intitulé *Journale intime.* C'était un sacrilège, mais je n'ai pu résister. À la suite de quelques dessins, il y avait un compte rendu de son séjour au camp cet été.

> *Jour 1 : J'ai pas d'ami.*
> *Jour 2 : Personne me parle.*
> *Jour 3 : Mathilde ma parler.*
> *Jour 4 : J'ai hâte à l'expé.*
> *Jour 5 : Il a plu pendant l'expé. Mon sliping blague était mouyé. Mathilde ma préter sa couverte. Le carré magique étais super bon. Mathilde est vraimant gentille.*

Sur une autre page, c'étaient des aveux à pleurer.

> *Blaise est beau. Je suis géné de lui dire. Je panse qu'il aime Adèle.*

J'étais au cœur de l'intimité de ma fille. Dans le coffre-fort de ses révélations. J'avais accès à l'échographie de son premier amour. « L'amour, c'est l'infini à la portée des caniches. » Ça, c'est du grand toi, Ferdinand. Quelle synthèse d'un sentiment extraordinaire ressenti par les humains les plus ordinaires. On oublie que les enfants aussi peuvent éprouver les frémissements de cet infini. J'en devenais tout attendri. Je la regardais dormir, « prise et protégée » dans son château fort de coussins. Une enfant. Mon enfant. Mais plus tout à fait. Et plus tout à fait à moi. Plus jeune, elle me disait tout. En basculant dans l'adolescence, elle se détacherait de moi, jusqu'à m'échapper complètement. Comme mon

Léo. Aussi cruel que ça puisse être pour un parent, c'était dans l'ordre des choses.

J'ai remonté sa couverture et remis son journal dans sa sacoche. Je me sentais à la fois coupable et privilégié d'avoir transgressé ses secrets. Sans lunettes, éclairé par les lueurs fantômes de la ville, son petit visage était plus affirmé, plus mature. Ses joues de bébé avaient fondu. Ne restait que l'esquisse prometteuse de la femme qu'elle deviendrait.

Merveilleuse Flavie blottie dans les replis de la nuit. Dans tes rêves, tu avais plein d'amies et tu tenais la main de ton amoureux.

Le Salon du livre, c'était le grand bouquin bazar. Un camp de vacances pour scribouilleurs. La grand-messe du livre, où les dévots se convainquaient entre eux de l'importance de la lecture. Celui de Montréal était un gigantesque souk à papier. La forêt boréale au complet empilée au Palais des congrès. Dans un entrepôt surchauffé irradié au néon, on s'entassait au coude à coude. Il fallait contourner les convois de poussettes et se faufiler dans la cohue. Agoraphobes s'abstenir.

Chaque année, on annonçait des records d'achalandage. Des pelotons de jeunes étaient assis le long des murs, immergés dans un livre. À l'heure du tout à l'écran, c'était plutôt réjouissant. Pour l'instant, ils dévoraient surtout des BD. Les plus optimistes espéraient que la littérature jeunesse serait l'étrier qui leur permettrait un jour de chevaucher les classiques. Pétri de défaitisme, René McKay voyait la littérature jeunesse comme une Voie Appienne pavée de bonnes intentions qui entretenait l'illusion de la formation des lecteurs. Si c'était vrai, m'avait-il un jour confié à une réunion du Parc jurassique, le nombre de lecteurs adultes aurait augmenté au Québec. Or, ce n'était pas le cas. Où étaient-ils, ces jeunes lecteurs, une fois qu'ils avaient lu Simon Boulerice au secondaire ? Dans Tolstoï ou Anaïs Nin ? Que nenni. Au mieux pouvait-on espérer les retrouver à Poudlard pendant l'université. Le plus souvent, ils s'en retournaient sur Netflix pour y rester. McKay était formel : dans la vie d'un jeune, la lecture récréative était une parenthèse louable, entretenue par des profs pleins de bonne volonté, mais qui se refermait dès la sortie du cégep.

Je me suis faufilé jusqu'au kiosque des Éditions Jachère pour ma séance de dédicace. À mon arrivée, une longue file se déployait devant ma table. J'ai quand même cru un instant que tout ça m'était destiné jusqu'à ce que je réalise que mon voisin de table avait pour nom Michel Tremblay.

Il était bien assis, studieux comme un jésuite à son pupitre, avec ses lunettes rondes et ses bajoues d'écureuil. Affable et courtois, avec un bon mot pour chacun. À recevoir des compliments mille fois entendus. Stoïque devant la file harnachée par des cordons. Un plongeur devant une pile de vaisselle qui ne baissait jamais. À signer inlassablement tous ces bouquins qui avaient payé sa maison à Key West. Il signait comme une machine, mais une machine humaine. Entre deux madames, le petit père Tremblay a même pris le temps de me saluer. Service à la clientèle irréprochable, considération pour la concurrence : un vieux pro en action. Respect.

« Regarde et apprends », m'aurait dit Léo, pendant que je m'assoyais à mon guéridon. Pour ma part, ce serait moins glorieux. Alors que le prince de la rue Fabre était entouré par deux étagères complètes contenant son œuvre, quelques exemplaires de mes trois livres étaient empilés devant moi. Ma photo d'écrivain-qui-regarde-au-loin-par-la-fenêtre trônait sur un présentoir. J'ai sorti ma Waterman de son boîtier et j'ai attendu. Attendre, c'est la principale activité de la plupart des auteurs au Salon du livre. Attendre sans avoir l'air de s'emmerder est un art. Il faut être à la fois détaché et présent. Éviter de mendier de l'attention, mais ne pas se perdre dans la contemplation des tuyaux du plafond, non plus.

Rester de marbre devant la rivière de badauds indifférents qui coule devant vous. Résister à l'humiliation d'un curieux qui feuillette votre livre négligemment pour le reposer, avec un dédain discret, sans vous adresser un regard. Détourner rapidement les yeux en croisant ceux d'une consœur qui s'emmerde autant que vous.

Le Salon du livre, c'était le lieu de toutes les attentes et de toutes les déceptions. Pour la majorité des auteurs, passer au salon, ça voulait dire contempler le macchabée de sa dignité et assister en direct à la crémation de ses ambitions littéraires. Tout en jouant avec le capuchon de ma Waterman, je laissais mon regard dériver autour de moi. Il y avait de tout dans ce salon.

En face de moi, Raymond de Roquemaure, qui venait présenter un livre autoédité relatant les cent ans de présence de la famille Lavoie en Abitibi-Ouest. Assis devant un guéridon surchargé de livres invendus, Raymond était seul au milieu de la foule. Entre deux bâillements ravalés, il consultait furtivement sa montre et calculait probablement le coût de cette désastreuse opération publicitaire. Le transport, l'hôtel, la location du kiosque, tout ça pour, au bout du compte, vendre deux exemplaires à un cousin Lavoie croisé par hasard. Un authentique foirage commercial, d'autant plus cruel qu'il avait sans doute été prophétisé par sa femme. Raymond fixait avec envie la file de Michel Tremblay, qui s'étirait devant lui comme un anaconda ostentatoire. Ah non, vraiment, le Salon du livre de Montréal, on ne l'y reprendrait plus.

À ma gauche, Simone, douze ans, avide de partager son premier livre, *Zoé a raison*, avec de jeunes lecteurs. Increvable enthousiaste, elle distribuait des sourires et des signets, qui se perdaient dans le détachement du brouhaha des flâneurs.

Il y avait aussi Monique, dont le dernier livre, *Guérir avec l'énergie des cristaux*, venait tout juste de paraître. Assoiffée de contacts humains, elle avait fini par engager la conversation avec son voisin déguisé en guerrier elfique aux oreilles pointues, venu au Salon pour présenter sa nouvelle collection d'œufs de dragon.

Et bien sûr l'incontournable Félix-Emmanuel, jeune romancier prometteur avec sa tuque roulée, ruminant son mépris pour la bêtise du public qui préférait rencontrer un cuisinier tatoué ou la mascotte de Geronimo Stilton. Son éditeur lui avait probablement fait miroiter les plus grandes foules à la suite du plébiscite de son premier roman *Mile End moka* par Radio Bla bla bla. Pour lui aussi, c'était le néant. Retranché dans son téléphone, Félix-Emmanuel ne tentait même plus de dissimuler son emmerdement.

À un kiosque voisin, une exposante jouait de la flûte pour attirer les enfants. Ses ritournelles se superposaient à la rumeur de la foule et au bruit de fond d'un entretien qui avait lieu en direct à l'espace Radio Bla bla bla. Insupportable soupe sonore. J'ai consulté discrètement l'heure sur mon téléphone. Après quinze minutes d'humiliation solitaire, je n'en pouvais déjà plus.

Voyant que je me noyais dans l'ennui, l'attachée de presse de la maison Jachère est venue me lancer une bouée. Elle est arrivée juste à temps, devinant ma détresse et ma honte. Stéphanie était bien sympathique. Elle avait le chic de la conversation, à la fois anodine et signifiante, et ne me faisait jamais sentir qu'elle parlait avec moi parce que personne ne s'intéressait à mes livres. Elle m'a proposé du mauvais vin dans une coupe en plastique. J'ai accepté avec un peu trop d'enthousiasme.

Une grande quadragénaire racée s'est avancée vers moi en tricotant ses longues bottes à talons aiguilles. Des jambes comme tu les aimais, Ferdinand.

Toniques et bien galbées. Je me suis redressé d'un coup, l'amour-propre au garde-à-vous. Stéphanie s'est éclipsée discrètement. Toute cette attente en aurait valu la peine. Je n'aurais qu'une seule lectrice, mais quelle lectrice.

— Où est-ce que je peux payer?

Stupeur et tremblements: elle avait en main le dernier Patrick Sénécal. J'ai bredouillé en lui indiquant la caisse. Non content d'être un écrivain sans lecteur, j'étais rétrogradé au rang de préposé aux renseignements. C'en était trop. J'ai décidé de faire comme l'auteur de *Mile End moka* et de plonger dans mon cell sans me cacher. Tant qu'à être humilié, autant l'être avec panache.

La séance de torture a fini par finir. J'avais mon manteau sur le dos, Stéphanie débarrassait le guéridon de mes livres pour faire place à Antonine Maillet, lorsque le miracle est survenu. Un lecteur. Un vrai. Mon lecteur. Un gros gars avec une queue de cheval, vêtu d'un t-shirt arborant l'inscription «J'aime tellement mes abdos que je les protège avec du gras». Savoureuse autodérision. Il m'a tendu le *So watt* qu'il venait de payer.

— Pouvez-vous me le signer?

— Avec plaisir.

Je cherchais désespérément ma Waterman dans mes poches. Stéphanie m'a tendu un stylo. Je m'étais précisément offert une plume à 125$ en vue du Salon du livre, et voilà que je signais avec un Bic.

— À quel nom?

— Mathieu. J'ai lu la critique dans *Solaris*. Ça a vraiment l'air bon. J'adore la politique et la science-fiction.

À Mathieu
Imaginer l'avenir, c'est le faire advenir
Bonne lecture
AS

— Merci, monsieur Santerre. Je peux prendre une photo?

— Bien sûr.

J'ai posé tout fièrement, comme un jeune chanteur qui vient de lancer son premier *hit.* Mathieu est reparti tout heureux, mais moins que moi. Je me suis précipité dans mon téléphone pour lire la critique sur le site de *Solaris.* Je connaissais vaguement cette revue littéraire québécoise consacrée au fantastique et à la science-fiction.

«*So watt*: politique et science-fiction, le courant passe ****». Jeu de mots discutable, mais quatre étoiles! La tête m'en bourdonnait. La critique était franchement bonne. On aimait l'histoire, les personnages et même les armes électriques que j'avais imaginées. Il faut dire que j'avais fait valider la plausibilité technologique de mes inventions par un chercheur de l'IREQ. «Mettre en scène le futur d'une société est un exercice périlleux. Santerre évite tous les pièges et les clichés du genre. Il nous présente une anticipation sociopolitique audacieuse sur le plan humain et tout à fait crédible d'un point de vue technologique. Serge Bouchard rencontre Isaac Asimov. À lire sans réserve.» Isaac Asimov! Le gourou de la psychohistoire. Je ne touchais plus terre. J'ai lévité du métro jusqu'à chez moi.

J'ai lu la critique aux enfants. Flavie m'a félicité. Léo trouvait ça *cool* parce que ça me ferait vendre des livres. Bien sûr, je ne me faisais aucune illusion sur les retombées commerciales d'un obscur magazine québécois. Même si ce n'était pas une recommandation du club de lecture d'Oprah, cette critique les valait toutes. Enfin, quelqu'un avait compris ce que j'avais voulu dire.

Le soir venu, couché sur mon grabat, encore tout étourdi de fierté, je relisais la critique pour une sixième fois. Incapable de dormir. Trop content. J'ai décidé de retourner sur le site de rencontres. J'avais envie de crier à toutes ces filles que j'avais eu une bonne critique, même si elle venait d'un nébuleux *nerd* pas de vie qui se branlait sur des forums de *Star Trek*.

Plusieurs filles m'avaient choisi. Je faisais défiler les profils. Rien ne m'intéressait. C'était comme tâter des avocats dans un étal. Pas assez mûr, trop mou ; il y avait toujours un défaut.

Et puis soudain, dans ce vide intersidéral, un corps céleste. Littéralement.

> *Céleste*
> *30*
> *Anachronique*
> *Sapiosexuelle*
>
> *Un homme avide de lecture (intelligente) et de cinéma (intelligent), ça serait pas mal du tout. Il faut aimer la Nouvelle Vague. Un peu d'élégance et de passion. Un intello fun, drôle, fou, sexy et extraverti, ça existe ? Pas un intello chiant, par contre. Peut-être à la recherche d'un pygmalion et/ou d'un guide littéraire, en définitive.*

Ce profil, c'était LE profil. Celui que j'attendais depuis toujours. À côté de sapiosexuelle, il y avait trois émoticônes : un cerveau, une langue et des gouttes d'eau. Je ne comprenais pas grand-chose à ces gribouillages, mais qu'importe. Pas de fautes. Brillant. Léger. Et des photos à l'avenant. Notamment une où Céleste était appuyée sur le capot d'une voiture, hilare, la tête renversée en arrière. Son grand corps tout en courbes formait un S majuscule. Alléluia ! Une jeune littéraire drôle et sexy. Et Céleste m'avait choisi.

J'ai glissé le profil vers le haut pour un *super like.* Des étoiles ont scintillé. C'EST UN MATCH ! Et ma vie a basculé.

3

CORPS CÉLESTE

L'histoire littéraire regorge de correspondances épistolaires de haut niveau. Plusieurs écrivains ont pratiqué le genre, qui permettait un forage dans l'intimité des plus grands esprits. L'imparfait s'impose ici, car depuis le courriel et les textos, à l'heure de la concision et de l'instantanéité des échanges, ci-gît la correspondance.

Toi-même, Ferdinand, en exil au Danemark, que n'as-tu pas noirci du papier pour t'évader de la solitude. À tes éditeurs, pour piloter les rééditions. Tes pauvres éditeurs... Ça ne devait pas être une sinécure de publier tes délires. Impossible d'éditer un génie : il a toujours raison. Parce que oui, Ferdinand, le *Voyage*, on aurait pu le raccourcir. Trop longues, les escales. Itinéraire mal planifié. Et certains sites sans intérêt. À partir des Henrouille, ça vasouille et ça s'embrouille. Et ça s'enlise à l'asile. La partition de Baryton, c'est trop long. Trop de notes dans la petite musique. Et moi qui te dis ça, je me l'autorise non en tant qu'éditeur qui veut jouer à Dieu avec l'auteur ni en tant que confrère jaloux, mais en tant que lecteur. En ce qui me concerne, c'est le seul à qui l'écrivain doit rendre des comptes.

Bien au froid dans ton cachot danois, tu as bien sûr écrit à ta Lucette et à ta fille Colette. À tes avocats aussi, pour préparer ta défense. La France libérée avait faim de vengeance et l'épuration ne faisait pas dans la nuance. Elle voulait ta peau de collabo, ta chère France. Considérant tes pamphlets et ce qui était arrivé à Brasillach, tu avais de quoi craindre pour ta santé. Mais tes pamphlets étaient si énormes, si grotesques, que même les Allemands n'y ont pas cru, y voyant une enflure humoristique indigne d'un véritable antisémitisme politique. Au fond, c'est peut-être un peu ça qui t'a sauvé. Que les nazis t'aient considéré comme un bouffon. Après avoir été frappé d'indignité nationale et finalement amnistié, tu as pu rentrer te terrer à Meudon.

À tes amis aussi, tu as beaucoup écrit. Pour expectorer ton malheur et pleurnicher sur ton sort de persécuté. À ton ami juif (oui, oui…) Milton Hindus, tu as fait l'honneur de partager les secrets de ta méthode d'écriture: «Je ne crée rien à vrai dire – Je nettoye une sorte de médaille cachée, une statue enfouie dans la glaise – Tout existe déjà c'est mon impression. – Lorsque tout est bien nettoyé, propre, net – alors le livre est fini. […] C'est un labeur bien ouvrier.»

Céline le tâcheron. Rien de plus, rien de moins. Pas de génie, que du travail. Pas la légèreté de la plume, que la lourdeur du marteau-piqueur. Je veux bien que le paléontologue fouille, et déterre au pic et à la pelle, mais il finit toujours par nettoyer les os au pinceau. Et encore faut-il savoir où creuser…

Avec Céleste, ça a débuté comme ça. Tout de suite après notre *match*, elle m'a écrit : *Je suis pas groupie, mais j'ai adoré votre (ton) entrevue à Radio Bla bla bla. Ça m'a donné le goût de vous (te) lire.*

J'ai répondu dans la seconde, et on ne s'est plus lâchés. *Tutoie-moi, sinon tu me tues. Groupie pour groupie, j'ai vraiment flashé sur ton profil.*

Elle était en voyage d'affaires en Asie. Deux semaines d'échanges essentiellement épistolaires avant de se voir. Rapidement, nous avons quitté la plateforme du site de rencontres pour le texto. Ça impliquait l'échange de nos numéros de téléphone. J'aurais préféré le courriel, pour avoir accès au clavier, mais Céleste a bien ri de ma requête, qui trahissait mon âge.

En vertu d'un décalage horaire de douze heures, je textais dans mon lit, dès mon réveil à midi et de huit heures à minuit. Deux ados. On apprenait à se connaître.

T'as des tattoos ?

Non, ma peau est vierge. Tu me trouves agace ?

Non, sagace.

D'où tu viens ? T'as des frères et sœurs ? C'est toi qui largues ou tu te fais larguer ? On alternait la légèreté et la gravité. Tout était nouveau. On avançait à tâtons l'un vers l'autre. Tout doucement, sur la pointe des mots.

Un soir après le souper, les enfants étaient couchés. Je lui textais en me brossant les dents et j'ai eu un vertige dans le cadre de porte.

Je trouve que tu as des airs de mon idole littéraire. Et je crois que nous avons la même.

C'est qui ? Moi, mon écrivain préféré, c'est Céline. Mais je ne veux pas lui ressembler. C'est un salaud aigri, vieilli prématurément et parano.

Je suis mêlée entre le sentiment d'extrême joie d'avoir le même écrivain préféré que toi et la gêne, parce que tu dis ne pas vouloir lui ressembler.

Aucune gêne. C'est un très beau compliment.

Elle m'a envoyé une photo de toi, Ferdinand. Tu sais, celle avec ton paletot bien boutonné et ton foulard bien croisé, où tu regardes l'objectif, gonflé de confiance, probablement juste après la parution du *Voyage*.

Bel homme. Il était aigri et méchant, mais il plaisait beaucoup aux femmes.

Oui, beau plumage, mais surtout belle plume. Je bois son style comme de la gelée royale.

Pareil. Ça touche au divin. Jamais égalé.

Le passage où Bardamu apprend qu'Alcide aide sa nièce depuis l'Afrique est à pleurer sa vie.

Arrête là, Achille. C'est mon passage préféré. D'entre tous. Et tu nommes exactement celui-là !?! Ça me rend folle. Et quand il dit d'Alcide : « Il avait l'air bien ordinaire. Ça serait pourtant pas si bête s'il y avait quelque chose pour distinguer les bons des méchants. »

Là, on est dans le surnaturel. C'est l'exergue de mon premier roman, Rang croche *!*

Tu me fucking *niaises ?*

Je te fucking *jure.*

J'étais dans le cadre de porte de ma chambre, la bouche toute mousseuse de dentifrice, et les genoux m'ont plié. Une célinienne de trente ans. Sérieux, Ferdinand, c'étaient quoi les chances ? Si elle n'était pas pour moi, la Céleste, autant rentrer chez les moines trappistes pour bluter du grain et réciter des messes en latin.

C'est vrai que je commençais à te ressembler, Ferdinand. Particulièrement sur ta photo de profil de l'édition de poche de *D'un château l'autre.* Juste avant que tu commences à te détériorer. Cheveux noirs lissés vers l'arrière. Front bien ridé, comme autant de lignes dans un CV, tempes bien vascularisées. Regard à la fois triste et pénétrant. Bouche pincée, un brin sarcastique. Mais surtout j'avais le même nez que toi, Ferdinand. Un pan de montagne escarpé. Je n'avais jamais aimé mon nez. Trop grand. Mais Céleste m'en faisait découvrir tous les mérites. Volontaire et arrogant, il fendait l'espace avec l'assurance d'un brise-glace.

Fuck, Ferdinand, Céleste avait raison : je commençais à te ressembler ! Pas de blagues. À force de te fréquenter, je prenais tous tes plis. Mais je ne voulais que ton génie, que ton talent. Pas ta folie, pas tes tourments. Je ne voulais pas finir en veste de laine à radoter sur mon sort de bonhomme blanc.

La belle Céleste bossait dans l'événementiel pour une compagnie basée à Montréal. Organisation et promotion de gros festivals, production de contenu numérique, je ne comprenais pas vraiment la nature de son travail, mais ça impliquait de l'entregent, de l'intelligence et de la débrouillardise. En ce moment, elle supervisait des tournages promo avec des partenaires asiatiques. Elle brassait des grosses affaires. Alors qu'elle était dans l'avion en transit pour Séoul ou je ne sais où, on ne pouvait plus se texter. En attendant qu'elle récupère du réseau, je tournais en rond dans l'appart, repoussant le nettoyage d'un creuset maculé de pâté chinois séché.

Je n'avais jamais pensé
m'ennuyer autant de
quelqu'un que je n'ai jamais
rencontré.

Elle m'a enfin répondu.

Deux heures sans tes mots,
c'était trop long. Un jour,
on jouera à un jeu. Tu
devras compter tous mes
grains de beauté.

Ça ira plus vite de compter
juste ta beauté.

Flagorneur.

C'est mon métier;)

Au débotté ou sur demande, Céleste m'envoyait des photos de ses fesses. D'une rondeur trigonométrique, leur volume était accentué par la finesse de sa taille. Avec ses gros seins bien galbés, elle avait tout du sablier. La fameuse silhouette en X. La silhouette idéale, selon tous les magazines de mode féminins. Mon désir n'avait rien d'original, j'en convenais. Mais qu'il fût dicté par la biologie ou une construction sociale popularisée par la culture hip-hop, tout ça n'avait pas d'importance. Le corps de Céleste m'attirait, et je ne pouvais rien contre la gravité et les lois de la physique.

Quand je recevais une photo d'elle allongée sur le côté, la jambe repliée, toutes fesses dehors, le bas du dos arqué comme la cathédrale de Reims, avec pour seul vêtement la lanière du string dans le creux des reins, je répondais à ses courbes par des lignes.

Sablier céleste
Couchez-le sur le côté
Et le temps s'arrête

Achille… Cette langue…
Si tu savais comme tes mots
me font plaisir. Toi c'est les
photos, moi c'est les mots.

Un haïku contre un cul…
C'est incroyable à quel point
les gars et les filles diffèrent.
Je suis conscient du pouvoir
de mes mots comme tu es

consciente du pouvoir
de ton corps.

C'est vrai. Terriblement vrai.

Une photo de mon cul serait vulgaire. Une photo du tien est un poème.

Je suis plus haïku ou alexandrin ?

Bonne question. Le haïku est bien par sa brièveté et sa modernité. Par contre, il y a tant à dire sur ces fesses… L'alexandrin serait plus porteur. Par exemple, on pourrait pimper *Cyrano :* *Au milieu la césure entre les hémistiches. Et ton string est frontière entre les deux grosses miches.*

Tu sais que, techniquement, les fesses, ça devrait être au singulier ?

Ah oui ?

Ça vient du latin fissa *: fente.*

Fussent-elles plurielles, les tiennes sont d'une singulière beauté.

À défaut de se caresser avec les mains, on pouvait se toucher avec des mots.

Un matin, en allant reconduire les enfants à l'école, j'ai tamponné légèrement l'auto devant moi. Le type est sorti. Je me suis confondu en excuses. Le gars est retourné dans son auto en maugréant. Léo souriait sarcastiquement. Flavie s'est exclamée :

— Papa, qu'est-ce tu fais ? Regarde où tu vas.

— Oui, je sais, je suis pas encore réveillé.

Comment expliquer à ma fille que ma tête était dans un autre espace-temps, en orbite autour d'un corps Céleste ? Les fesses de Céleste avaient beau me distraire (dans tous les sens du terme), elles me procuraient une pêche inédite. La banane, Ferdinand. Le sourire ébaudi en tout temps. T'as sans doute connu, avec Elizabeth. Quand tout devient plus léger. *Monter en amour...* La formule de Raôul Duguay est tellement plus conforme aux lois de la physique...

Droites infinies qui se coupaient perpendiculairement, les corridors de l'université donnaient l'impression d'être moins funestes, moins « décevants », pour reprendre le mot de Houellebecq. Je me surprenais même à les parcourir en sifflant. Je saluais tout le monde avec affabilité au département. Les collègues en restaient tout interloqués.

Un après-midi, je me dirigeais vers mon bureau après la direction d'un séminaire de maîtrise en création littéraire. En tournant le coin un peu trop brusquement, j'ai embouti Marie-Claude Hébert. Mes pensées étaient à des années-lumière, perdues dans les spirales de la galaxie Céleste. Surprise, Marie-Claude a émis un petit couinement en laissant tomber des papiers. M'apercevant, elle s'est raidie et redressée, en me balançant une volée de mitraille avec ses yeux. Un regard de haine et de mépris qu'elle ne réservait qu'aux hommes. Je me suis fendu d'une profonde révérence, en me prosternant bien bas pour ramasser ses feuilles.

— Mille pardons, gente dame. J'avais la tête ailleurs.

Ma repentance était sincère, mais je lui tendais sa paperasse en souriant comme un imbécile. Elle pensait sans doute que je me foutais de sa tronche, mais c'était plus fort que moi: Céleste me rendait trop heureux d'être content. Elle m'a pris sèchement les documents des mains, avant de poursuivre sa route vers un monde sans hommes.

Parvenu à mon bureau, j'ai consulté mes courriels. Décidément, ça n'arrêtait pas de bien aller. Mon éditeur était tout content de m'annoncer qu'on allait réimprimer mille exemplaires de *So watt.* L'entrevue à Radio Bla bla bla avait généré du mouvement en librairie. On était loin des livres de recettes de Ricardo, mais si j'écoulais les deux mille exemplaires, je toucherais quatre mille dollars. Pour trois ans de labeur. Le salaire horaire d'un écrivain se calcule en atomes de cennes.

Patrick Norman l'a tellement chanté: «Le cœur devient moins lourd quand on est en amour.» Le cœur, et tout ce qu'il y a autour. Oui vraiment, la lourdeur du monde s'atténue à l'horizon de cet infini à la portée de tous. J'avais l'impression de flotter en apesanteur et d'avoir toujours le goût d'être avec Céleste. Comme si sa force d'attraction amenait vers elle toute la lumière, et moi avec. Tout ça était très étrange. Je ne pouvais quand même pas être amoureux d'une fille que je n'avais jamais rencontrée...

Pourtant, j'avais tous les symptômes d'un cœur dans la graisse de bines. Distrait, léger, patient, conciliant. Je permettais aux enfants de manger un biscuit de plus au dessert. Ma Flavie me semblait plus concentrée, moins distraite, moins maladroite. On aurait dit que mon Léo était moins ostineux et plus généreux (il s'était même proposé d'essuyer la vaisselle sans que je lui demande). Même les engueulades de mes voisins de palier m'apparaissaient moins ardentes.

Signe indéniable d'un effet Céleste dans ma vie, mes étudiants semblaient moins tracassiers et plus réceptifs. Dans mon cours de littérature française du XXe siècle, j'avais décidé d'avoir du plaisir en enseignant Proust. Les gants blancs du petit père Marcel me sortaient de ta noirceur, Ferdinand. J'essayais de retransmettre aux étudiants son émerveillement pour le téléphone de la Belle Époque et de le transposer au cellulaire d'aujourd'hui. Je louangeais l'inventivité du bonhomme pour décrire les téléphonistes : Danaïdes de l'invisible, Vierges vigilantes, Servantes irritées du Mystère, Divinités implacables.

— Ça, c'est du style. Notez le champ lexical surnaturel pour souligner la prouesse technologique de faire voyager la voix en temps réel sur des distances infinies.

Une étudiante m'a interrompu.

— C'est surtout très sexiste.

J'étais de bonne humeur. Au lieu de répliquer sèchement qu'à cette époque c'était-comme-ça-parce-que-c'était-comme-ça, j'ai lancé une discussion.

— Le rôle des femmes et des hommes a évolué au cours de l'histoire. Et certainement pour le mieux en faveur des femmes. Mais, pour constater le chemin parcouru, il est utile de savoir d'où on est partis et par où on est passés. Les femmes sont certainement plus libres aujourd'hui. Mais est-ce qu'elles sont plus heureuses ?

Murmures d'indignation et tortillements d'inconfort dans la classe. J'ai tendu les paumes en signe d'apaisement :

— Bien sûr, il ne s'agit pas de retourner en arrière. Mais la question est sincère : mesdames, croyez-vous vraiment être plus heureuses que vos arrière-grands-mères ?

Et là il s'est passé quelque chose de phénoménal. Quelque chose que je n'aurais plus cru possible à l'université : un débat s'est engagé. Une conversation civilisée avec des arguments logiques et des points de vue multiples, sans parole confisquée sous prétexte de privilèges et de microagressions. Les gars s'en sont mêlés, prétendant que les luttes féministes avaient aussi bénéficié aux hommes, notamment concernant la paternité. Je dirigeais le trafic, en distribuant la parole et en relançant les échanges. Les arguments étaient parfois contradictoires, mais avancés avec respect. Tout le monde n'était pas d'accord, mais les tenants d'idées opposées avaient le droit de s'exprimer et n'étaient pas considérés comme des ennemis. Un débat à l'université. Alléluia !

Céleste avait commencé à m'envoyer des extraits audio où je pouvais l'entendre me parler directement. Sa voix était chaude et sexe, indubitablement Nouveau Monde, mais avec une pointe de Vieux Continent. En plein dans mes cordes. Son père était français, originaire du Gévaudan. Il avait déménagé ici dans la vingtaine et avait marié une Québécoise de l'Outaouais. Avec son père, Céleste et son frère étaient les seuls représentants de la famille Lacan au Québec. Oui, elle était parente avec le célèbre psychanalyste, qui se trouvait être son arrière-arrière-grand-oncle.

Et toujours on se textait. Une fois les enfants couchés. Avec, en fond sonore, les engueulades tamisées de mes voisins.

T'as remarqué que, dans le mot pygmalion, *il y a un cochon, un mâle et un lion. Je veux bien être ton pygmalion.*

Quand on sera ensemble, tu assumeras d'être au bras d'une fille de dix-sept ans ta cadette ?

Peut me chaut notre différence d'âge. Qui refuserait de parader avec la croupe Stanley ?

**Peu.*

Oups…

Ça vous dérange que je vous corrige, monsieur le docteur en lettres ?

Pas du tout. C'est baveux, plein d'assurance et si peu courant, mademoiselle la millénaire.

Je suis une maîtresse. Je vais vous corriger. Vous le méritez, monsieur l'apatride.

Comment ça, apatride ?

À cause de Santerre.

C'est vrai. En tant que souverainiste, je me sens souvent apatride. Tu veux bien être mon pays ?

Je serai ta république souveraine.

République souveraine… Joli paradoxe.

Je suis paradoxale.
Jeune et gérontophile.
Féministe qui aime se faire draguer. Anachronique et contemporaine. Urbaine et forestière. Intelligente et superficielle.

Pourquoi superficielle ?

Surtout avec les vêtements.

Ah oui ? T'es le genre talons hauts à cap d'acier ?

Exactement.

Tu sais, ce navet des années 1980 : Une créature de rêve. *Deux ados* nerds *conçoivent la fille de leur rêve avec un ordinateur, et la fille se matérialise. T'es ça pour moi.*

Pourquoi ?

T'es apparue dans mon ordinateur. Tu me fais jouir, rire et réfléchir. Ma Sainte Trinité.

Je suis un algorithme. Adieu.

Ah ! Ah ! Ah !

Tout ça, c'était badin et bon enfant, mais cette correspondance nous permettait de nous découvrir l'âme avant le corps. Comme Balzac et la comtesse Hanska.

Avant de m'endormir, je me rejouais des extraits où elle me chuchotait qu'elle appréciait le son du mot *chuchoter*. Parfaite adéquation entre signifiant et signifié, disait-elle. Invariablement, son érudition et sa voix me faisaient bander. Comme monsieur Jourdain avec la prose, j'étais peut-être sapiosexuel sans le savoir.

J'avais une envie irrépressible de crier mon bonheur sur tous les toits et de claironner ma joie à travers toutes les gouttières. Alors j'ai convoqué une réunion du Parc jurassique. C'était la première fois qu'on se réunissait tous les quatre à mon initiative.

La lumière de fin de journée entrait en biseau, presque horizontale, par les carreaux crasseux de la taverne déserte. La poussière dansait dans le soleil, comme autant de paillettes d'or. Ici, le temps s'était arrêté il y a très longtemps, figé à l'âge de bière. Quelques hommes des tavernes grognaient au bar. On s'est attablés au fond, le long d'un mur orné de vieilles photos jaunies d'ouvriers d'usines du quartier.

Toujours pimpant, Ti-Coq avait un bon mot pour chacun de nous. Il est quand même allé un peu fort en soulignant la bonne mine de McKay. L'expert du point-virgule avait l'air plus misérable que jamais. Son dépérissement était spectaculaire. Rendu là, il fallait y voir une prise de position politique. Deux boutons manquaient à sa chemise lapis-lazuli délavée. Ayant renoncé à la teinture, ses cheveux grichés grisonnaient dangereusement. Il avait pris un coup de vieux en pleine gueule. Comble d'abandon, il lui manquait une incisive en haut. Un bête accident, nous a-t-il raconté, une mauvaise chute en allant pisser en pleine nuit. Je l'imaginais, tout nu dans le noir, la gueule en sang, dans son condo de la rue Laurier. Et je ne pouvais pas m'empêcher de rire. Lui aussi riait. Il avait l'air d'un pirate fou. Du fait de sa nouvelle aération, il parlait dorénavant avec un risible sifflement de vent s'engouffrant par une fenêtre mal fermée.

Bien sûr, il aurait pu colmater la brèche avec ses assurances de prof, mais sa déchéance était un projet. Une protestation contre ce que devenait le monde. À lui tout seul, il incarnait une manif contre le consensus bien-pensant. Pour étayer sa démarche, il avait placardé sur la porte de son bureau un extrait tiré de *La possibilité d'une île*: «Jeunesse, beauté, force: les critères de l'amour physique sont exactement les mêmes que ceux du nazisme.» McKay considérait son corps comme une œuvre d'art antifasciste. Une installation en constante évolution. En plus, il avait commencé à puer. Une insupportable et subtile odeur de sénescence des chairs le suivait en tout lieu, comme le nuage de crasse du petit malpropre de Charlie Brown. Des étudiants s'étaient plaints à Napoléon. McKay n'en avait cure. Il prétendait que les standards sanitaires résultaient d'une norme occidentale oppressante. C'était sa façon de renvoyer le boomerang de la rectitude politique aux *éveillés*. Son doigt d'honneur au *OK boomer*.

René McKay avait eu son heure de gloire pendant la grande grève étudiante. Il avait soutenu publiquement les étudiants et en avait payé le prix. L'administration l'avait suspendu un mois sans salaire, et l'affaire avait fait grand bruit. Sous la pression de l'association étudiante, il avait réintégré ses fonctions en héros de la jeunesse. Ça avait duré quelques sessions. Et puis, un clou chassant l'autre, le monde avait glissé vers autre chose. Cette grève, c'était mai 68. Beaucoup de bruit, une mobilisation sociale contre l'ordre établi, un déferlement de liberté et de créativité, mais que restait-il de tout ça une fois les moutons rentrés se faire tondre à la bergerie?

Les nouveaux étudiants n'étaient absolument plus préoccupés par l'éducation québécoise. Ils manifestaient dorénavant pour le climat et la vie des Noirs américains. Les jeunes, ils en avaient par-dessus la tuque des petites luttes nationales d'une minorité majoritaire (ou était-ce l'inverse ?) qui s'était dit deux fois non ; ils voulaient être au diapason de la planète. Pouvait-on les en blâmer ? Alors que leurs pancartes étaient écrites dans un français impeccable pendant la grève, ils s'exprimaient dorénavant en anglais pour traiter les Québécois de racistes. Il ne s'agissait pas tant de communiquer aux Québécois eux-mêmes qu'ils étaient racistes, mais de le faire savoir au monde entier. C'était oublier que les pancartes de Greta Thunberg avaient réussi à mobiliser la planète en suédois.

Stéphane Richard, lui, continuait le combat. Il persistait à dévoiler les contreforts de ses pectoraux dans l'échancrure de sa chemise. La session dernière, je l'avais aperçu en cuissard, amarré à une rameuse dans le gymnase vitré de l'université. Tout rouge, suant comme un galérien. Il avait beau pagayer dans le vide pour inverser le cours du temps, il avait déjà commencé la traversée du Styx. Ses cernes avaient des cernes et sa couronne de cheveux avait encore aminci. Il avait l'air d'un vieil œuf dans le vinaigre. Et pourtant, comme l'aurait noté Michel, il poursuivait l'extension du domaine de sa lutte, en s'indignant contre l'air du temps.

—Je veux bien trouver des qualités aux auteures autochtones. C'est une bonne chose qu'elles prennent la parole et qu'elles soient entendues. Je l'ai lu son recueil, à Marie-Christine. C'est bien. Très bien, même. La littérature doit rendre compte de son temps et la multiplication des points de vue n'est certainement pas mauvaise. Mais c'est pas vrai qu'on va donner le prix Robert-Cliche chaque fois qu'il est question de banique pis de babiche ! Je suis pus capable de la complaisance des critiques qui s'achètent des indulgences à coups d'encensoir, simplement parce qu'ils se sentent coupables d'avoir ignoré la littérature des minorités. À entendre les chroniqueuses culturelles, il serait impossible de trouver un seul défaut au premier roman d'un jeune de Montréal-Nord. Comme si on ne pouvait plus juger les œuvres d'un strict point de vue littéraire. C'est rendu que ce que l'auteur incarne, d'où il vient, son vécu, c'est plus important que ce qu'il écrit. À Radio Bla bla bla, il n'y a plus de critiques, que des infopubs culturelles. Mais c'est pas vrai que tout est toujours tout le temps fooormidable. C'est pas vrai que tout se vaut. En dépit de tous les engouements du moment, seul le passage du temps discrimine le bon grain de l'ivraie.

Ti-Coq était parti aux toilettes. Perdu dans la rotation des pales d'un ventilateur poussif, McKay répondait par des extraits de poèmes de Houellebecq.

— « Tout a lieu, tout est là et tout est phénomène. »

Ti-Coq est revenu avec un autre pichet, en faisant sonner ses bottillons sur le dallage en granit. Richard en a profité pour embrayer sur un nouveau sujet.

— Vous avez vu ? Le Service aux étudiants a annulé les cours de danse africaine. Soi-disant, il y avait trop de Blanches, et ça rendait la prof mal à l'aise. On est rendus là.

J'ai tenté une synthèse humoristique :

— La mère de tous les cons est toujours enceinte. Et la tente de tous les scouts est toujours montée.

McKay a renchéri d'un ton rêveur. Sa dentition trouée faisait chuinter les mots. Surtout ceux en F.

— « Aucun événement ne semble justifié. Il faudrait parvenir à un cœur clarifié. »

Richard s'engluait dans son apitoiement.

— Si c'était pas de la pension que je dois à ma femme, je prendrais ma retraite drette-là. Je vous le dis, les gars, j't'écœuré de cet ostie de système là.

Et voilà, on y était : le système. Le maudit système. Le point Goodwin de toute discussion sociopolitique. Pauvre Stéphane… À ce stade-ci, le soleil de fin de journée illuminait de mille feux les poils blanchis de sa toison pectorale, et il déblatérait carrément tout seul.

J'ai sorti mon téléphone pour présenter Céleste à Ti-Coq.

— Ben voyons donc, elle a quel âge ?

Ti-Coq était sur le cul.

— Trente. Grâce à toi.

— Je t'avais dit que t'allais me remercier. Ça se peut pas… Tu lui paies des bébelles ? Tu lui vires de l'argent ?

— Meuh non, cuistre. Les mots, Gervais, les mots… C'est une sapio.

— Une sapio ?

— Sapiosexuelle. C'est l'intelligence et le langage qui l'allument.

Les yeux rivés sur mon téléphone, Ti-Coq défilait les photos qu'elle m'avait envoyées. Y compris celles où l'on voyait son derrière. Avant que tu t'en formalises, Ferdinand, elle m'avait donné la permission.

— Une vieille allumette séchée comme toi avec une pareille bombe. J'en reviens pas. Vous avez foufouné ?

— Pas encore. On s'est pas encore rencontrés. Elle est en voyage en Asie.

— Ben là, c'est un faux profil. Ta Céleste, c'est un vieux Sénégalais ou un Polonais très laid.

— Impossible. Elle écrit mieux que moi. Elle me corrige. Elle trippe sur Céline. Je te le dis, mon vieux : un *match* parfait.

— Elle revient quand ?

— Demain.

— Mon ostie de chanceux…

Ti-Coq m'a claqué maladroitement l'épaule. Il était vraiment content pour moi et voulait que tout le monde connaisse mon bonheur. Un peu plus et il me chantait *She loves you, yeah!* en se brassant les cheveux comme les Beatles. Il a montré les photos de Céleste à Richard et McKay.

— Regardez la *chick* qu'Achille s'est ramassée.

Nos collègues étaient moins enthousiastes. Richard a jeté un regard rapide avant de soupirer de dédain :

— Elle veut sûrement ton argent. Sont toutes pareilles.

McKay regardait les photos avec une attention détachée, comme s'il observait des nuages. Il n'avait que Houellebecq à la bouche :

— « Je sais qu'ils me verront et qu'ils auront des shorts. J'ai un schéma du cœur. Près de l'artère aorte. »

Et puis j'en ai eu assez. La lourdeur du Parc jurassique me plombait. Même pas capables de se réjouir pour moi. Ma nouvelle flamme aurait pu embraser leurs espoirs ; tout n'était pas perdu pour les vieux monsieurs. Non seulement Richard et McKay avaient-il abdiqué la possibilité du bonheur pour eux-mêmes, mais pour tous ceux de leur race. Si eux ne pouvaient pas être heureux, alors aucun bonhomme blanc ne pouvait l'être. Ils rejetaient toutes les bouées qui leur étaient lancées. En définitive, s'ils voulaient se noyer, c'était leur affaire. Mais je n'allais pas couler avec eux. Je refusais d'être entraîné au fond par ces baudroies des abysses. On aurait dit toi, à Meudon, Ferdinand. Racorni et dégoûté du monde.

Au fil des années, cette taverne avait absorbé trop de regrets nicotinés, et ça commençait à déteindre sur nous tous. Trop d'amertume avait été rotée en ces murs. Ti-Coq avait raison. J'étais chanceux. Céleste arrivait demain, et je n'avais pas envie de macérer dans un bocal d'aigreur vinaigrée.

J'ai tenté de secouer mes congénères :

— Heille, les gars, il vous reste environ trente ans à vivre. Ça va-tu être comme ça pendant trente ans ? À pleurer sur le monde ? À chialer contre les jeunes et les femmes ? À regretter le bon vieux gai temps ? À toujours s'apitoyer : Hohaaah, pôvre de petit moi !

Ils n'avaient même pas réagi à ma mauvaise imitation de Sol.

— *Come on !* On n'est pas morts, on est en santé. Il nous reste encore plein de choses à vivre. OK, le monde change, mais pas seulement pour le pire. Vous êtes lourds à toujours vous plaindre. Un peu de légèreté, ciboire !

Je les regardais alternativement, tel un *coach* qui tente de secouer des joueurs léthargiques. Ti-Coq attendait lui aussi qu'ils répondent à mes exhortations. Richard fixait son verre vide, renfrogné, bras croisés, bien campé dans sa négativité. McKay regardait droit devant lui. Son visage avait l'air très serein, pareil à celui d'un mourant morphiné. Il ne sentait vraiment pas bon. Comme s'il avait commencé à pourrir par en dedans. Il a déclamé très doucement, avec le sifflet ridicule de sa palette disparue.

— « Je suis comme un enfant qui n'a plus droit aux larmes. Conduis-moi au pays où vivent les braves gens. Conduis-moi dans la nuit, entoure-moi d'un charme. Je voudrais rencontrer des êtres différents. »

Le cynisme détaché comme grille d'analyse du monde, je n'en pouvais plus. Je me suis levé d'un coup ; ma chaise a reculé sur le carrelage avec un bruit d'ongles qui grafignent un tableau.

— Bon ben moi, je vais y aller. J'ai grand-faim. Tu viens, Gervais ?

Un peu surpris de l'invitation, Ti-Coq m'a suivi, pendant que Richard commandait un autre pichet en maugréant contre le mauvais service. Il était plus que temps de quitter le *Titanic*.

Avec Céleste, on avait convenu d'aller souper le lendemain de son arrivée à Montréal. Je n'avais pas les enfants, et ça lui laissait le temps de se poser. Plus l'heure fatidique approchait, plus on devenait nerveux. On partageait nos appréhensions.

J'ai peur quand on va se voir.
J'ai peur de ne pas être à la hauteur.

Tu veux dire que c'est pas toi qui me textes depuis deux semaines ? Que tu as photoshopé *tes photos ? Tu as mis ton âme et tes fesses à nu. Comment veux-tu ne pas être à ta hauteur ?*

T'as raison.

T'as peur, et moi aussi, que nos corps ne connectent pas autant que nos esprits. Nos esprits ont mis la barre fucking *haute, et ça donne le vertige.*

Oui, c'est exactement ça : le vertige.

Le vertige, c'est pas la peur de tomber, c'est la peur d'aimer la chute.

Et ma chute de reins, tu l'aimes ?

C'est un tremplin de saut à ski. Je suis Kazuyoshi Funaki.

J'ai peur que tu te lasses de moi.

Impossible. Qui pourrait se lasser du champagne ?

Je veux bien te faire perdre la tête, mais je ne veux jamais te saouler.

La grande nuit où Céleste entrait dans mon atmosphère est enfin arrivée. Je suis passé la chercher sur le coup de vingt heures. Avec les enfants, je n'avais plus l'habitude des soupers tardifs. Je portais un jean noir, une chemise carreautée cintrée et des espadrilles pas trop usées. C'était ce que je pouvais faire de mieux. J'ai sonné. Quand elle est apparue, j'ai su que je la connaissais depuis toujours. Longs cheveux bruns. Beau visage poupin, yeux noisette espiègles et sourire avenant. Encore plus grande que je pensais. Sa robe était un guet-apens. Révélant ses cuisses, elle lui ceignait la taille et dévoilait ce que Miron aurait qualifié de « poitrail effervescent ». Incontestablement sexy. Mais pas vulgaire.

— Salut.

— Enfin.

On s'est enlacés très doucement. Après nos esprits, nos corps faisaient connaissance. J'ai placé mes mains sur sa taille de poupée. J'en faisais quasiment le tour. Parfait sablier. En flattant ses flancs, je pouvais arrêter le temps. J'avais la tête dans la courbure de son cou. Ça sentait bon. Elle avait mis ses mains sur mes épaules. On ne parlait pas. On laissait nos corps se synchroniser.

On s'est finalement lâchés.

— Tiens.

En guise de bouquet de fleurs, je lui tendais un exemplaire de *So watt*. Elle a lu la dédicace.

À Céleste
Aveuglé par ta beauté
Il me tarde de lire ton corps en braille
AS

— Oh, t'es tellement fin. J'ai très hâte de te lire. Et que tu me lises…

Elle m'a enlacé chaleureusement. À son contact, je fondais. Littéralement, je dégelais.

Le taxi est arrivé. J'ai ouvert la porte à ma cavalière. C'était étrange. Assis à ses côtés, dans la noirceur d'un habitacle trop désodorisé de petit sapin, je n'osais pas la toucher. Céleste me semblait à la fois familière et inconnue. On alternait les délires complices et les silences des premières fois.

Le chauffeur nous a déposés à la porte du Majestique. La soirée était douce, et les terrasses fourmillaient sur Saint-Laurent. Bien sûr, j'ai payé la course, je marchais derrière elle et je lui ai tenu la porte du restaurant. La galanterie est une politesse genrée, qui laisse plus d'une féministe pantoise. Mais pas Céleste. Elle frétillait de la croupe juste pour moi. Ça roulait comme le capelan sur la plage à la pleine lune. Je dis juste pour moi, mais tout le monde en profitait, de la Céleste. Dans le genre entrée remarquée, c'était réussi. Dans le resto bondé, je sentais tous les regards glisser sur elle. Et j'en ressentais une fierté bizarre.

Céleste connaissait tout le monde. Elle jouait clairement à domicile au Majestique. Elle a fait la bise au maître d'hôtel avant de me présenter.

— Jeff, c'est Achille. Il est écrivain.

J'ai nuancé :

— Je n'irais pas jusque-là. Ça prend une œuvre pour être écrivain. Pas seulement deux-trois livres écrits à temps perdu.

— T'es trop modeste.

— Écrivain, c'est le travail d'une vie. Pas juste la fin de semaine dans un café du Mile End. Moi, je suis plutôt du côté de chez Barthes : un écrivant.

Céleste m'a encore enlacé. Ce corps. Ces courbes. J'en étais déjà accro. Le maître d'hôtel n'avait rien à cirer de Barthes, mais nous a proposé un petit coin tranquille au bar.

Tout coulait : les bulles, le vin nature, la soirée. On a ri. Beaucoup. On s'est bouffés des yeux. Elle inclinait la tête, rigolait de mes blagues, se jouait dans les cheveux et plaquait délibérément sa cuisse contre la mienne. Les signaux ne pouvaient pas être plus clairs. Mais, en cette ère *#metoo,* je ne savais pas trop comment réagir. Mon corps, lui, savait. J'ai passé la soirée bandé.

On n'avait pas vraiment de plan. Céleste a proposé qu'on aille boire un verre ailleurs. Parfait. J'ai réglé comme un prince. La moindre des choses quand on sait tout ce qu'il en coûte à une femme en soins esthétiques et en vêtements. On a bougé à la buvette Chez Simone. C'était blindé, mais Céleste connaissait la sommelière.

— Florence, c'est Achille. Il est écrivant.

Elle avait délibérément prononcé à la française pour transformer l'*écrivain* en *écrivant.* Je l'adorais déjà. Florence nous a trouvé deux tabourets au bar. Elle buvait des verres avec nous. Elle avait l'esprit dégourdi et connaissait le vin mieux que Depardieu. Impressionnant pour une millénaire. Ça me faisait tout drôle d'être un des plus vieux de la place. J'avais hiberné trop longtemps, et on aurait dit que la faune nocturne avait rajeuni. Mais c'est moi qui avais vieilli.

Avec Céleste, ça se passait. On se rapprochait. On s'effleurait. L'alcool m'alanguissait. La tension de la première rencontre s'atténuait. Ça allait marcher, nous deux.

Sans qu'on s'en rende trop compte, on s'est retrouvés chez elle. Un petit 4 ½ sur Fabre. Charmant.

Tout baroque et bien tenu. Meublé d'occasion avec un goût certain. On a bu du blanc sur le divan. En écoutant Gainsbourg. Évidemment, elle aimait Gainsbourg autant que moi. Décidément. Serge parlait en mon nom : « Dix-sept ans, à la limite. Je ressuscite. »

Dans mon cas, dix-sept ans, c'était notre différence d'âge. C'est vrai que ça tenait de la résurrection. Je revenais d'entre les morts. « Toi, petite, tu es de la dynamite. » Une bombe, oui.

— Tu te rends compte que tu pourrais être une de mes étudiantes.

— J'adorerais suivre tes cours. Je m'assoirais au premier rang, je poserais beaucoup de questions et je corrigerais tes fautes au tableau.

— Je disais plus ça pour notre différence d'âge. T'as moins d'écart avec mon gars qu'avec moi.

— Ça te gêne ?

— Pas du tout.

— Prouve-le.

Je l'ai embrassée. Enfin. Nos corps validaient nos esprits. Nos langues effectuaient la mise à jour. Et puis on est passés au lit. On s'est déshabillés jusqu'aux sous-vêtements en silence, pendant que Serge et Jane s'aimaient eux non plus.

Un corps de femme, c'est tout un continent à explorer. J'étais La Vérendrye découvrant les Rocheuses de ses fesses. Champlain cartographiant la vallée du Saint-Laurent entre ses seins. François-Xavier Aubry parcourant la plaine de son ventre. D'Iberville repérant le delta de son Mississippi. Elle était réceptive, et je la désirais plus que tout, mais je n'étais pas prêt pour aller jusqu'au bout. Pas tout de suite. Seul depuis trop longtemps, j'étais une antiquité brisée. Une vieille lampe ternie que Céleste allait devoir astiquer précautionneusement avant d'en voir sortir le génie.

Que ça faisait du bien, la chaleur des mammifères. On a passé la nuit à se flatter. Des mains de vieux prof, ça n'a pas beaucoup servi : c'est très doux. Jusqu'à s'endormir embouvetés l'un dans l'autre. Moi, tenon. Elle, mortaise.

Au matin, je me suis réveillé en catastrophe. J'avais un séminaire de création littéraire. J'ai dû m'arracher de son lit comme un velcro récalcitrant. Je suis arrivé en classe à la bourre, café en main, encore tout ébouriffé de ma nuit avec Céleste. Je sentais que ma demi-douzaine d'étudiants me regardaient d'un œil neuf, sourire en coin. Une solidarité inattendue nous unissait. *Ah ben, le prof a passé la nuit sur la corde à linge. On aurait jamais cru ça de lui. Y est pas si plate, finalement.* Et, même si j'avais des poches de hockey sous les yeux, j'avais rajeuni de cent ans.

À la maîtrise, les séminaires de création consistaient surtout en des discussions axées sur le partage. Ça ressemblait beaucoup aux réunions des Alcooliques anonymes. Fourbu, mais galvanisé, sans aucune préparation, j'ai décidé de commencer le cours en parlant des muses. Faut croire que j'étais inspiré.

— La muse vous fera coucher tard, mais son inspiration vous réveillera tôt. Elle n'est pas le pilote, ni le moteur de la création, elle en est le carburant. La motivation qui aiguillonne quand la plume ramollit. La ligne d'horizon pour garder le cap quand les vents de la création ne soufflent plus. Et, avant que vous envoyiez une plainte au recteur de l'Université d'Ottawa, sachez que le mot *muse* est épicène. Une écrivaine peut très bien avoir une muse mâle. Ou femelle. Ou l'inverse. Bref, toutes les combinaisons sont possibles. L'ultime consécration d'une muse est la dédicace. Tous les grands livres ont leurs dédicataires. Souvent dans l'ombre des créateurs, ils sont révélés par les œuvres qui leur sont destinées. Théophile Gautier est un poète au mieux très moyen. Et c'est à lui et à personne d'autre que Baudelaire a offert ses *Fleurs du mal.* Qui se souvient de Léon Werth le romancier ? Mais tout le monde connaît le dédicataire du *Petit Prince*: « À Léon Werth, quand il était petit garçon. »

Porté par le souvenir de Céleste, je ne savais pas où je m'en allais, mais j'y allais avec aplomb.

— Et que dire de la passagère avec qui Céline a fait le *Voyage*: Elizabeth Craig. La plus célèbre et la plus mystérieuse de toutes les dédicataires. Tous les céliniens sont un peu jaloux qu'une danseuse américaine ait mérité pareil honneur. Ce n'était pas George Sand, Simone de Beauvoir ou Susan Sontag. Une simple cabrioleuse. Et, qui plus est, californienne. À quel point avait-elle compris la grandeur du chef-d'œuvre qu'elle avait inspiré ? En tout cas, elle avait compris Céline quand elle a dit de lui : « Il ne savait que faire de lui-même. » C'est une parfaite synthèse de tous ses problèmes.

J'improvisais mon discours sans notes, au fur et à mesure. Comme si la parole engendrait ma réflexion. Et mes étudiants m'écoutaient comme jamais. Un de ces rares moments de grâce, qui donne tout son sens à l'enseignement.

— Au fond, c'est peut-être ça, une muse. Pas seulement une inspiration pour l'écrivain. Mais aussi un témoin de ses doutes, ses angoisses et ses manies. Et ce qu'une muse peut faire de mieux : laisser son écrivain travailler. C'est bien chouette de se promener au bras d'un écrivain. Ça paraît bien dans les soirées. C'est joli dans une bibliothèque, un écrivain. Mais la muse est une veuve intermittente. Elle accepte que son écrivain passe ses journées – et même ses nuits – dans sa tête, à construire une cathédrale de mots. Et, quand il revient parmi les vivants, il peut être bourru et exténué, ou alors jacasseur, et monologuer sur son histoire en cours. La muse accepte que son écrivain soit en couple ouvert avec la littérature. Et, la littérature étant une partenaire capricieuse et accaparante, pas surprenant que les grands écrivains finissent toujours tout seuls.

Après quelques semaines de fréquentation, Céleste aurait bien voulu venir chez moi, mais mon appart, c'était une transition en attendant de trouver mieux. J'avais presque tout laissé à mon ex, et mes meubles étaient des vieilleries disparates achetées à la sauvette. Même chose pour la vaisselle, dépareillée, sans valeur, à part une tasse des Nordiques dégotée dans une friperie. Flavie avait punaisé un *poster* d'ours polaire dans sa chambre. Près de la table de la cuisine trônait un ridicule cadre de David Hasselhoff, qui datait de l'ancien locataire. Sinon, tout était blanc et nu. Ce chez-moi, qui n'avait rien de moi, me faisait un peu honte : indigne du bon goût de Céleste.

Alors on passait tout notre temps chez elle, dans son lit, qu'on avait surnommé *le vaisseau*. Aux commandes de notre astronef, nous explorions de nouveaux univers. Affalés l'un sur l'autre, nos corps et nos esprits fusionnaient. La force d'attraction de Céleste courbait mon espace-temps. Bien sûr, elle piaffait d'envie de faire l'amour, et moi aussi. Mais elle allait devoir harnacher sa fébrilité. Il me fallait réapprivoiser mon corps avant de le connecter à celui d'une femme. Même si son derrière se tortillait d'impatience, je crois que Céleste comprenait. Je me sentais quand même un peu agace de souffler sur les braises du désir, sans jamais rajouter de bois. Mais on allait y arriver…

Tel que spécifié dans son profil, elle s'avérait une cinéphile aguerrie. Elle m'a fait découvrir des classiques d'une autre époque. J'étais admiratif de la qualité de la mise en scène, des mouvements de caméra et du nombre de figurants des vieilles productions. J'aimais particulièrement le jeu brut de Lino Ventura. C'était délicieux, cette farniente d'adolescents attardés.

Ou alors on prenait l'apéro sur son balcon, en jouant à un jeu questionnaire sur la littérature française. Celui qui perdait faisait le souper. Céleste était ultracompétitive et très calée en lettres. Elle avait lu Stendhal, Duras, Yourcenar, Beauvoir, Cocteau, Gide, Balzac, Dostoïevski, mais aussi García Márquez, Césaire et Senghor. Chacune de ses bonnes réponses était célébrée avec une puérile ostentation. J'étais à la fois frustré de me faire battre sur mon terrain, tout autant qu'ébahi par ses connaissances et sa mémoire littéraires. Je n'ai jamais autant cuisiné.

Et le soir on sortait. Jusqu'au bout de la nuit. Des restaurants, des bistrots, des bars, des buvettes : Céleste me faisait découvrir son monde. Et son monde m'étonnait. Les milléniaux n'étaient pas que des petits lapins nourris aux trèfles à quatre feuilles, braillards, anglosphyxiés, qui l'avaient eu trop facile. Dans le monde de la restauration et des communications, ils trimaient dur, et plusieurs étaient propriétaires d'entreprise avant trente ans. Ils n'auraient jamais de permanence et ne comptaient que sur eux-mêmes pour leur fonds de pension. Certains butinaient de contrat en contrat et organisaient leur travail en fonction de leurs vacances. C'était un changement de paradigme radical, consacrant l'avènement de la société des loisirs prophétisée par Joffre Dumazedier dès 1962. J'étais abasourdi par leurs connaissances culinaires et œnologiques. Ils buvaient et mangeaient beaucoup mieux que ma génération. À leur âge, je passais mes soirées à m'imbiber de Black Label sur la Grande Allée, avant de m'achever avec une poutine Ashton. Non seulement les amis de Céleste étaient exigeants en matière de bouffe, ils savaient cuisiner. Moi, je me débrouillais avec des chaudrons, mais c'était surtout de la bourre familiale sans génie, gorgée de glutamate.

Eux connaissaient les produits locaux et les restaurateurs en vogue. Pas question de se défoncer à la Molson et aux ailes de poulet. Pour leurs libations hebdomadaires, les huîtres et le muscadet n'avaient rien d'extraordinaire. Ce qu'ils pouvaient flamber en restaurant... J'avais toujours méprisé l'exhibition de leur tartare de cerf et la mise en scène de leur vin orange sur Instagram, mais au fond, c'étaient des esthètes que Brummell et Baudelaire n'auraient pas reniés. Tant qu'à se consumer au lance-flammes, autant le faire avec élégance. Gageons que le compte Instagram du grand Charles aurait regorgé de toiles d'Eugène Delacroix, de tartines au haschisch et de dandys en haut-de-forme.

J'aimais particulièrement le Cobra, sur Saint-Laurent. Un ancienne taverne grande comme ton humilité, Ferdinand. Tout petit, le boui-boui, et chargé à ras bord d'artefacts des années 1980. Pour les milléniaux, tout ça était d'un kitsch décoratif. Dans mon cas, une affiche de Mötley Crüe ou une enseigne de Dow me replongeaient dans la nostalgie proustienne d'un spectacle au Colisée ou d'une brosse à la Fourmi atomique. Délirant à quel point un banal objet pouvait évoquer des souvenirs d'une acuité inouïe.

La place était toujours pleine. Céleste nous ouvrait le chemin avec sa verve et son sourire. En fraternisant avec les occupants, elle nous trouvait toujours une table à squatter. L'endroit irradiait de l'énergie de la jeunesse. Une ressource inépuisable. Des gars, des filles, des hétéros, des gays et que sais-je encore. Tout ça se métissait dans la joie de la nuit.

Assise au bar dans le fond, j'ai reconnu Monique, la serveuse du *deli* près de chez moi. Elle était accompagnée d'un bonhomme aux cheveux défavorablement noirs. Probablement une perruque. Aussi atypique qu'il puisse être, personne n'avait l'air de se demander ce que ce couple faisait là. Même moi, on ne me dévisageait pas trop. Il faut dire que Céleste m'avait pris en main. Elle avait renouvelé ma garde-robe avec une panoplie de chandails et de jeans ajustés, et me faisait lisser mes cheveux vers l'arrière avec une pâte. Elle m'avait même convaincu de me laisser pousser la moustache. Soi-disant, ça m'élargissait le visage. Genre, homme de lettres mature et mystérieux. Tout compte fait, moi aussi j'étais *vintage* et je me fondais dans le décor. Même que j'en faisais carrément partie. Et Céleste était mon visa. Le simple fait qu'elle soit à mon bras me légitimait auprès de ses pairs.

La musique était tonitruante. Il fallait se hurler dans l'oreille. Tout ça était propice aux rapprochements, et Céleste ne s'en privait pas. On s'embrassait en se caressant. Elle m'a murmuré à quel point j'embrassais bien. L'expérience d'un vieux monsieur... Toute cette science linguale, c'était pour faire diversion. Pendant qu'on se roulait des pelles mécaniques, je pouvais la tripoter à loisir. Elle m'avait bien fait comprendre que je pouvais y aller à l'envi, à la vue de tous et sans aucune restriction. Elle avait eu la bonne idée d'enfiler un legging noir et un chandail rose moulant qui lui donnait des airs de beau bonbon bien emballé.

Le legging était (avec Michel Rivard) le seul héritage valable des années 1980. Il (le legging, pas Michel Rivard) pouvait tout aussi bien raffermir des grosses fesses que galber un petit cul. Céleste, ça lui faisait une belle miche d'une tendreté chavirante. Tout ce tissu si lisse, et si glissant, je ne m'en lassais pas.

On passait la soirée au son des années 1990. Chaque tube de Green Day et de Coolio était une madeleine qui me ramenait à mes plus belles années. Dès les premières notes de La Chicane ou des Colocs, tout le bar, et moi aussi, on chantait à l'unisson. Ça faisait du bien de communier avec mon peuple. Il n'y avait plus de gars, de filles, de jeunes, de vieux, de gays, d'hétéros ou de personnes racisées, que des Québécois trop heureux de voyager, tous ensemble, un peu plus loin dans la nuit.

Tandis que Céleste discutait avec un gars qu'elle connaissait, j'ai proposé d'aller nous ravitailler. Au bar bondé, je jouais du coude pour conserver ma place et obtenir l'attention du barman. Mon voisin de droite était en mission, comme un attaquant dans l'enclave en avantage numérique. Un jeune, avec des cheveux longs qui dépassaient de sa tuque et un mackinaw bleu qui s'ouvrait sur un t-shirt du patriote d'Henri Julien. Mon regard indiquait que je ne lui céderais pas un pouce. Il m'a fixé durement en me disant des yeux : *Qu'est-ce que tu fais là, toi, vieux crisse ?* Soudain, son visage s'est illuminé.

— Ah ben, câlisse !

Il a décampé comme s'il avait vu un fantôme, avant de disparaître dans la cohue. Il est revenu en se labourant un chemin dans la foule, *So watt* à la main. Il a sorti le signet avec ma photo.

— J't'en train d'te lire, ostie.

La gloire littéraire peut frapper à toute heure et en tout lieu. Euphorique, Gabriel m'a payé des *shooters* en me présentant à ses amis. Je me sentais comme une belle fille. Lui-même était solidement défoncé, et pas qu'à la vodka. Il me touchait trop, serrait les dents et me canardait des compliments incohérents. En gros, j'étais un visionnaire, et il fallait à tout prix déclarer l'indépendance pour stopper l'immigration. Décidément, un autre qui n'avait rien compris.

— Tu peux-tu me le signer ?

Je ne savais pas trop quoi lui écrire. *Retourne apprendre à lire* aurait été un peu brutal. J'ai opté pour la diplomatie.

Pour Gabriel
À méditer
« Nous sommes issus d'un sol immense
Qui nous a tissés métissés »
Loco Locass

— Merci, *man.*

Il n'avait même pas vu que j'avais pas signé mon nom. Mes bloody caesar sont arrivés. Il a insisté pour payer. Je me suis esquivé en douce. Si c'était possible, le bar s'était encore rempli. Ça m'a tout pris pour revenir à Céleste sans rien renverser.

Le gars avec qui elle discutait lui empoignait le postérieur à pleines paumes. Ça ne pouvait pas être un accident. M'apercevant, Céleste m'a embrassé en me rassurant :

— Il est gay. Il croyait pas que j'avais pas d'implants. C'est toujours comme ça. J'espère que ça te dérange pas ?

— Moi, ça me dérange pas. Mais toi, ça te fait rien de te faire pogner le cul par tout le monde ?

— Tout le monde peut regarder, mais seulement les filles et les gays peuvent toucher. Et toi, évidemment.

On s'est embrassés furieusement. Le type n'avait rien perdu de la scène. On a sympathisé. La trentaine, regard triste de celui qui a déjà trop vécu, élégant, foulard autour du cou. Très drôle. Il a regardé Céleste avant de me lancer :

— Tu t'es choisi un beau petit *puppy.*

— Oui, je suis ben chanceux.

Il m'a scanné de pied en cap.

— Elle, par contre, elle s'est ramassé un vieux chien mourant.

J'ai éclaté de rire. Lui souriait en coin. Humour homosexuel, mordant et pince-sans-rire. Mon préféré. Derrière ce trait assassin, il y avait une vérité implacable : Céleste et moi, c'était improbable, mais bien réel. Comme pour confirmer toute ma fortune, le DJ a largué « Shake That », l'ode d'Eminem aux fessiers frétillants.

Et là, Ferdinand, le Cobra est devenu fou. Les filles ont grimpé sur les tables pour s'y trémousser le séant. Tout le Cobra se cambrait. Ça ondulait et ça se tortillait. Les gars criaient et trépignaient, trop heureux d'avoir été téléportés dans un bar de danseuses. Entre deux agitations dans son bocal, Jean-Paul avait tout résumé. « La patrie, l'honneur, la liberté, il n'y a rien : l'univers tourne autour d'une paire de fesses. » J'ai eu une pensée pour Ti-Coq. Le pauvre n'en serait pas revenu. Et moi, j'étais aux premières loges. *Come on girl, shake that ass for me !* Des jeunes féministes obéissant aux injonctions sexuelles d'un vieux rappeur caucasien ; les bonhommes blancs n'avaient peut-être pas tout perdu, après tout…

Toi, Ferdinand, tes danseuses, c'étaient des professionnelles. Des ballerines tout en grâce ou des filles à froufrou qui levaient la patte bien en ligne. Au Cobra, pas de lignes, que des courbes. Ça ondoyait comme des serpents hypnotisés par un charmeur. Debout sur une table avec trois autres millénaires, Céleste menait la danse, et tout le monde l'acclamait. Les filles se frottaient l'une à l'autre, ça se meulait le derrière à qui mieux mieux et ça se tendait la croupe pour se faire corriger. Tout le monde voulait lui claquer le cul, à Céleste. Des terres de la Couronne, ces fesses : un bien public dont tout le monde pouvait profiter.

D'un point de vue féministe, je ne savais pas trop comment décoder cette hypersexualisation si bien assumée. D'un point de vue de vieux monsieur, je m'en câlissais et je profitais du spectacle. Il suffit de si peu pour contenter un homme…

La chanson s'est malheureusement terminée. Les filles sont redescendues sur terre, et les gars en même temps. L'un d'eux me rappelait quelqu'un. Grand mince, lunettes, tuque et t-shirt à manches roulées, il avait maté le derrière de Céleste avec un désir évident. Gaspard ! Sans ses braies gauloises, il était méconnaissable. On s'est regardés. Il m'a reconnu. Je savourais sa surprise. Céleste est venue m'enlacer en m'embrassant avec ostentation. Par-dessus son épaule, je fixais mon étudiant, maintenant tout à fait frustré.

J'ignorais ce qui le fâchait le plus. Avoir été surpris en flagrant délit de voyeurisme par son vieux prof réac. Ou me voir embrasser la fille qu'il avait désirée le temps d'une danse. Après la critique de marde qu'il avait réservée à *So watt* dans le journal étudiant, je dégustais ma revanche en redoublant de la langue avec Céleste.

Je ne savais pas trop quoi penser de la réception de mon livre. Certains aimaient, d'autres non. Certains comprenaient, d'autres pas. Je ne pouvais quand même pas passer tout mon temps à expliquer à chaque lecteur ce que j'avais voulu dire. *So watt* était mon enfant. Maintenant qu'il était publié, j'allais devoir le laisser vivre sa vie et se défendre tout seul. N'empêche… Est-ce que c'est moi qui manquais de clarté ou mes lecteurs qui ne savaient pas lire ? Je repensais à la une de *Charlie Hebdo* : Mahomet débordé par les intégristes : « C'est dur d'être aimé par des cons. » Un écrivain avait-il toujours les lecteurs qu'il méritait ?

Et puis, fallait me faire à l'idée, l'offensive médiatique était terminée. Je n'aurais plus d'autres entrevues. Après l'avoir secrètement espéré, je devais me rendre à l'évidence : je ne serais pas invité à *L'univers en jase*, la grand-messe dominicale de Radio Bla bla bla. Stéphanie avait fait une demande en bonne et due forme aux recherchistes de l'émission, mais clairement elle ne savait pas trop comment m'annoncer que je n'étais pas assez palpitant pour le pape de la télé d'État. Il aurait fallu que le livre soit suffisamment controversé pour avoir la chance d'être censuré par l'Association des libraires. Ou alors que je sois impliqué dans un scandale autour de la liberté d'expression, comme Maxime de Vigeant. Mais le simple roman d'un bonhomme blanc : pas intéressant. Il en allait de la télé comme du boucher : la viande devait être de catégorie A. On n'exposait dans l'étal que les beaux filets tout mignons et bien bardés. Moi, je donnais plutôt dans le foie de veau : nutritif, pas cher, mais peu appétissant.

Quoi qu'il en soit, le cycle de *So watt* achevait d'être complété. Après quelques semaines, mon livre était parvenu à caducité. Il allait tranquillement disparaître des étagères en librairie, remplacé par des jeunes bouquins plus fringants. Les caisses d'invendus seraient retournées à l'éditeur. Lui-même devrait faire de la place dans son entrepôt, et tous ces mots inutiles finiraient au pilon. Tu es papier et tu retourneras papier…

Que faire, alors ? Écrire. Encore. Toujours. Malgré tout, écrire. Mais encore ? L'animatrice de Radio Bla bla bla avait raison : j'avais peur de me commettre sur le présent. Eh bien, j'allais la prendre par les cornes, mon époque. Ah, la vache ! Et fixer le taureau de l'air du temps dans le blanc des yeux. Avec, en prime, ma peau de torero dans l'arène. Une autofiction, tiens. *Le chant du bonhomme blanc… Chronique d'une époque opaque… De la difficulté de concorder avec son temps…* Pourquoi pas ? Il y avait tant à dire sur la question. Toi, l'autofiction, tu connais, Ferdinand. Tu as pratiquement inventé le genre, avec le petit père Marcel. Genre raillé, s'il en est un, comme celui des égomaniaques castrés de l'imaginaire. Ça peut être ça, mais pas que. Parler de soi, certes, mais surtout, autour de soi. À partir de son nombril, s'éloigner vers le monde en cercles concentriques. Se mettre en scène. Exagérer, permuter, amalgamer et magnifier le réel. Tout pour l'histoire. Avec une vérité de sentiments qui n'appartient qu'à ceux qui les ont ressentis. Arrondir les angles, grossir les traits, combler les vides, brouiller les pistes. Et, au final, laisser au lecteur le soin de démêler l'écheveau du vrai et du faux. Partir de soi, mais pour aller vers l'autre. Voilà l'autofiction.

Écrire, donc. Se retrousser les manches. Malgré le découragement et le vertige de l'écran blanc, bosser. Sans relâche. Tous les jours, réfléchir sur la nature humaine. Comme toi, Ferdinand. Après le bide de *Mort à crédit* et la turbulence des pamphlets, tu as continué. Toujours. Et pas que pour payer le terme. Parce qu'un livre qu'on a en tête, si on ne le retire pas du cerveau, il devient une tumeur. Tous ces mots s'accumulent et se multiplient, forment des métaphrases, qui finissent par vous bouffer la caboche.

Écrire est une opération à crâne ouvert.

Tes pamphlets, ça commençait à devenir un problème, Ferdinand. Malgré ce que j'ai dit de mes étudiants (on fait bien des blagues), je les croyais (et je les crois toujours) assez brillants pour faire la part des choses. J'avais toujours cru qu'analyser un texte et tenter de le comprendre n'impliquait pas d'en cautionner le contenu. Mais, l'époque étant ce qu'elle était, j'avais de plus en plus de difficulté à faire digérer ta bagatelle, même avec mille mises en garde.

Il y avait toujours eu du bruxisme dans la salle, quand on abordait les pamphlets. Une fille était déjà sortie en se bouchant les oreilles, contournant mon bureau comme s'il y avait un alligator dessus. Les *cris et chuchotements*, je pouvais les gérer. Sauf qu'un soir je me suis demandé si le jeu en valait encore la chandelle.

J'étais à mon bureau, il faisait nuit depuis longtemps. Je profitais de la quiétude de l'université désertée. Je n'avais pas les enfants, et Céleste voyait une amie. Autant m'avancer dans mes corrections. Mes foutues corrections, supplice sisyphien de tous les profs. Comme la vaisselle : toujours à refaire, on attend toujours à la dernière minute avant de s'y mettre.

Tu te souviens des quatre blondinets du début de session, Ferdinand ? Au milieu de la bouillie insipide de banalités et de bons sentiments de mes étudiants, je suis tombé sur leurs copies, et mon cœur s'est arrêté.

Leurs travaux étaient frétillants de haine. Ils parlaient de tes pamphlets au premier degré, en les plaquant sur notre époque avec une rhétorique de pharisiens. Tout au fond de la fosse à purin de leurs hallucinations, il y avait un mince terreau de gros bon sens populaire. Le tout malheureusement bien écrit et argumenté avec brio. Rien à voir avec les banalités de leurs congénères, qui condamnaient l'antisémitisme avec bonne foi, mais sans originalité et sans effort intellectuel.

Ces petits fachos respectables citaient Nietzsche en allemand, Brasillach, Drieu la Rochelle et Rebatet... Robert Brasillach : une petite tronche à lunettes, un furieux fasciste, épuré par un peloton en 1945. Pierre Drieu la Rochelle : ami d'Aragon et de Malraux qui s'est achevé au gardénal dans sa cuisine alors qu'il allait être accusé de collaboration. Lucien Rebatet : une plume magistrale, empêtrée dans les décombres de sa pensée antisémite, condamné à mort et gracié.

Mes étudiants avaient convoqué le conclave des collabos pour étayer leurs thèses sémiticides. Et aucune trace d'humour ou de second degré. Sous le couvert d'une logique eugénique complotiste, ce résidu de Sonderkommando appelait ouvertement à l'élimination des Juifs. Dans ma classe.

Il était 22 heures 30. À part le bourdonnement des néons, le département était silencieux. Assis tout seul à mon bureau, je frissonnais d'effroi. Sur le *poster* devant moi, tu me fixais, Ferdinand. Avec ton regard intense de fou intelligent. Qu'aurais-tu pensé de ces jeunes qui s'étourdissaient à ta petite musique jusqu'à vomir leurs désirs homicides ? T'aurais été fier de toi ? Malgré toutes mes précautions, la putréfaction de tes pamphlets avait attiré des charognards dans mon cours. Leurs travaux avaient beau être comme leur anus – bien torchés –, ces fachos frais chiés allaient trop loin, bien au-delà de la liberté d'expression. Quand on rencontre des nazis, des vrais nazis (pas des roteux d'opinions qui se questionnent sur les seuils d'immigration ou qui veulent des fleurs de lys à la Fête nationale), des vrais nazis, donc, avec les idées aussi droites et tendues que le bras, ça fait peur. On en frémit jusqu'aux lombaires.

Dès le lendemain, je suis allé voir mon directeur de département. Le bureau de Napoléon Cherenfant était un bric-à-brac de cabane à canne à sucre. Dans un improbable micmac baroque and roll, les statuettes et les masques vaudou côtoyaient les sculptures de Saint-Jean-Port-Joli, un aviron et une ceinture fléchée. Sur le mur du fond trônaient fraternellement des portraits de Louis-Joseph Papineau et Toussaint Louverture. Au bas des tableaux, Cherenfant avait fondu les devises du Québec et d'Haïti : Je me souviens que l'union fait la force.

Je lui ai exposé le problème et montré les travaux. Il s'est figé. Les nouveaux nazis lui avaient sectionné la verve. Il avait avalé ses mots. Son beau visage d'ébène a pâli jusqu'à devenir gris mastic.

— Achille, tu sais que Céline, je l'aime en pile et que je t'ai toujours soutenu dans ton enseignement. Je veux bien que l'université soit un lieu où l'on puisse débattre des idées, mais ce n'est pas ça qui est en cause ici.

Il a brandi les travaux comme une brosse à chiottes.

— C'est de la haine raciale. On ne peut pas laisser passer ça.

— Entièrement d'accord.

Nous avons saisi le doyen du dossier. Il est allé voir la rectrice. Les étudiants bons à rien ont été rencontrés. Selon ce que Napoléon a su, ils n'en démordaient pas : c'était une question de liberté d'expression. Ils s'appuyaient sur une obscure jurisprudence en citant Caton l'Ancien. Même la rectrice était sans mots. Pour noyer le poisson, elle leur a proposé une bourse d'études à l'étranger. Rien à faire. Des étudiants en droit, idéologues et intelligents… Les pires sodomites de tsé-tsé imaginables… Les murènes de la droite alternative dans sa plus pure dangerosité. Gavés à la pilule rouge de la Grande Révélation, ils n'allaient pas lâcher le morceau.

Sur un avis du contentieux, la rectrice les a suspendus, le temps d'y voir plus clair. Ils ont répliqué en traînant l'université en procès. À ce jour, la cause est à l'image des bourses du doyen : pendante.

Entre-temps, on avait convenu avec Napoléon que je n'enseignerais plus les pamphlets. Trop dangereux. Oui, les limites de la liberté académique devaient être les plus larges possible. Mais là on les avait franchies. Et pas qu'un peu. À manipuler avec soin, les pamphlets. Et pas par toutes les mains. C'est de la nitrocéline. On les touche du bout des doigts, vos pamphlets, docteur Destouches. Avec les précautions d'un démineur en Afghanistan et vêtus du tablier de plomb des liquidateurs de Tchernobyl. Et l'air du temps manquait furieusement de nuances. On avait beau trouver mes étudiants fragiles et frileux, ils étaient le produit de leur époque et n'avaient pas le bagage pour être exposés aux pamphlets. Tant pis. Toute cette haine, c'était pas nécessaire. Même au nom de la liberté d'expression. Même au nom de la littérature.

Ma pédagogie n'était pas en cause, m'avait assuré Napoléon. J'allais me contenter de tes romans, Ferdinand. On en aurait bien assez pour un autre siècle de littérature. Et voilà comment on a dépollué l'université de tes pamphlets. Valait mieux ainsi. Qu'on n'en parle plus.

J'étais vraiment secoué par toute cette histoire. D'autant que je me sentais responsable. Comme si, voulant éclairer le chemin de mes étudiants dans un bois touffu, j'avais foutu le feu à la forêt avec ma chandelle. Ayant appris la nouvelle de l'abandon des pamphlets, Richard a débarqué en coup de vent dans mon bureau en me mitraillant de l'index. Il me reprochait de céder à la censure et de m'être couché devant la bien-pensance. Je le trouvais bien agité et pas très en forme, pour tout dire. Il est reparti exténué, déçu de moi, et pas dans le sens houellebecquien.

Quand j'ai abordé la question avec Céleste, elle a eu cette réflexion magnifique : « Le problème moral que pose Céline, disait-elle, c'est le même que celui de Noir Désir. On peut parfaitement se liquéfier devant la pure beauté de "Le vent l'emportera", mais on ne peut pas ignorer que Bertrand Cantat a tué Marie Trintignant. Et, puisque le meurtre a eu lieu après, la chanson est d'autant bouleversante qu'elle porte en elle une tragédie prophétique. Même chose avec le *Voyage* et les pamphlets. »

Je n'avais jamais envisagé la question sous cet angle.

— Donc, on peut lire le *Voyage*, mais il faut savoir que les pamphlets ont existé.

— Oui. On peut aimer Céline, mais en toute connaissance de cause.

T'aimer en toute connaissance de cause, Ferdinand. C'était exactement ça. Oui, on pouvait se délecter du

Voyage sans toujours culpabiliser par la faute des foutus pamphlets. Céleste venait de m'enlever un grand poids de la conscience. Je l'ai embrassée. Sa langue me faisait tellement de bien.

La semaine, quand j'avais les enfants, dès sept heures le matin, c'était le branle-bas de combat : tout le monde sur le pont ! D'abord, trouver l'élan pour m'extraire de mon grabat. Ensuite, aller arracher Léo au sien. Il m'aurait fallu une grue pour le réveiller. Il grommelait. À quatorze ans, il voulait profiter de chaque grenaille de son précieux sommeil. Flavie, ça dépendait. Elle pouvait déborder d'une énergie contagieuse, ou pas. Là, elle était de mauvais poil. Encore endormie, elle a renversé son bol de céréales. Je fulminais en serrant les dents. Inutile d'ajouter à son humiliation en la traitant de maladroite. J'ai ramassé en vitesse en disant à tout le monde de se dépêcher.

Léo est arrivé dans la cuisine, la tête enfouie dans le capuchon de son kangourou, traînant de la savate comme un zombie. Il s'est fait une *toast* au beurre de *peanuts*, enfermé dans le mutisme d'un moine ayant fait vœu de silence. J'ai rabaissé son capuchon de bénédictin. Évidemment, il portait ses écouteurs. Cette manie qu'il avait de se cloîtrer dans sa musique en présence des autres. Je me suis ostiné pour qu'il les enlève. « Pourquoi ? » J'avais pas envie d'argumenter sur la politesse élémentaire et j'ai haussé le ton. Frustré, il a obtempéré, mais ne me parlait pas plus.

— T'oublieras pas de ramasser ta vaisselle.

Avec tout ça, le temps filait. J'avais pas grand-chose pour le dîner de Flavie. Pita, houmous, carottes et yogourt, rangés en catastrophe dans la boîte à lunch pas lavée.

— Flavie, dépêche-toi.

— Oui, oui. Je trouve plus mes pantalons.

Elle regimbait, à la limite d'une crise. L'impatience commençait à me submerger. Je n'avais pas fait le lavage. Je lui ai tendu un pantalon du panier à linge sale. Elle s'est habillée en chignant. Léo était parti sans saluer ni ramasser sa vaisselle. J'ai songé un instant à réserver le nom de domaine www.matindemarde.com.

Toi, Ferdinand, les enfants, tu les aimais bien. La preuve que tu n'étais pas que mauvais. On te disait très patient et très humain quand tu les soignais. Autant les petits traîne-misère de Clichy que les marmots de collabos à Sigmaringen. « Tant qu'il faut aimer quelque chose, on risque moins avec les enfants qu'avec les hommes, on a au moins l'excuse d'espérer qu'ils seront moins carnes que nous autres plus tard. » C'est tellement vrai, ce que dit Bardamu. Et le petit Bébert : une fulgurante comète dans le ciel noir du *Voyage.* « Sur sa face livide dansotait cet infini petit sourire d'affection pure que je n'ai jamais pu oublier. Une gaieté pour l'univers. » Tu as eu juste le temps de nous le présenter, ce petit crasseux scintillant, avant qu'il s'éteigne quelques pages plus loin.

Comme d'habitude, j'accompagnais Flavie jusqu'à son école. Sur le palier, le bac à recyclage de mes vociférants voisins débordait jusque dans l'escalier. De semaine en semaine, on aurait dit que les boîtes de céréales et les emballages de nouilles se multipliaient. *C'est le mercredi matin, le recyclage, crisse. Juste à descendre votre ostie de bac le mardi soir, comme tout le monde.* La porte était grande ouverte sur le foutoir pharaonique de leur appartement. Du linge par terre, des murets de livres et de revues empilés partout, un ski, des cumulus de poussière sur le plancher du corridor, des boîtes de pizza sur le divan, une salle de bain crasseuse; bref, une porcherie. Pourtant, quand je les croisais dans le hall, ils avaient l'air d'étudiants respectables. De l'insalubre capharnaüm nous parvenait un palimpseste puant d'odeurs putrides superposées. Flavie plissait le nez, fascinée par autant de souillonnerie. À côté de leur dépotoir, mon appart avait l'air de Versailles. Comme toujours, ça jacassait ferme, à l'orée de l'engueulade. En pleine tirade, vêtue d'un t-shirt à mi-cuisse, la voisine est passée en trombe de la cuisine au salon, en refermant brutalement la porte au passage.

Dehors, un beau matin de printemps lumineux. Un jour frais qui sentait le neuf. J'ai proposé de marcher. Des moineaux piaillaient dans les arbres déjà verdis par les feuilles. Ma bonne humeur est revenue. J'aimais bien ces promenades, qui me permettaient un temps de qualité avec ma fille. Malgré le beau temps, je la sentais butée par le stress.

— Ça va, ma fille?

— Oui.

J'ai insisté un peu. Son exposé oral sur les ours polaires la rendait nerveuse. Ah, voilà pourquoi elle bougonnait.

— Ça va bien aller, ma fille. Tu connais ton sujet. Tu t'es bien préparée. Stresse pas avec ça. T'es bonne dans les exposés. Ton affiche est super belle.

En arrivant au parc Marquette, je l'ai serrée contre moi, petite mésange angoissée. En passant devant le parc à chiens, j'ai fait diversion :

— Aimerais-tu ça être un chien?

— Oui. J'aurais pas d'exposé oral à faire.

Chère Flavie. Elle voulait tellement bien faire à l'école, mais elle manquait tellement de confiance. Alors que son grand frère en avait trop. La confiance était comme la richesse mondiale : abondante, mais mal répartie. Je lui ai pris la main en serrant fort pour lui faire une transfusion d'assurance.

Parvenus à la brigadière, je lui ai fait un câlin de père. Un câlin chargé de force et d'amour. Parce que l'amour, ça donne confiance.

— Ça va bien aller, ma belle. T'as répété. T'es prête. Parle fort et pas trop vite.

— Viens me chercher tôt.

Elle a traversé parmi des groupes d'amis rieurs et turbulents. Je l'ai regardée s'en aller la peur au ventre, le sac au dos et la boîte à lunch en bandoulière. Petit soldat s'avançant seul au front. Bonne chance, ma chère Flavie. Dans leur petit monde, les enfants menaient tous les jours des combats héroïques.

Mon Léo, lui, était coté en Bourse : des bas et des hauts, mais sur une tendance haussière. Il manquait toujours de motivation à l'école, mais depuis la fonte des neiges, il pouvait déjouer sans gravité les lois de la physique au *skatepark*. En allant chercher Flavie, il m'arrivait de couper par le parc pour l'observer à distance. Pas question d'aller le saluer et lui faire honte devant ses amis. Il pouvait passer des heures à virevolter dans les modules en déployant l'adresse des plus grands gymnastes. Comment pouvait-il être si vivant sur sa planche et si fainéant à la maison ? Authentique mystère félin.

Le *skatepark* était un lieu de socialisation idéal pour les jeunes. Ils s'y retrouvaient entre amis pour s'encourager, se donner des conseils ou simplement végéter en troupeaux. Quand l'un d'eux réussissait une manœuvre complexe, ses pairs le félicitaient, sans jalousie aucune. Le *skate*, c'était le contraire du hockey : pas d'horaire, pas d'entraîneur, pas d'exercices imposés, pas de parents dans les estrades. Que de la créativité et de la liberté.

En plus, ils se filmaient mutuellement et affichaient leurs exploits sur les réseaux sociaux. Je prenais plaisir à commenter en français les figures que mon gars avait *postées* sur Instagram. Du genre : *Bravo, garçon ! Joli claque-rotule désossé.* Alors que ses amis avaient plutôt noté : *Tro sick le boneless tuck knee.*

Le soir, Léo rentrait éreinté. Tout chambranlant de douleur, vieillard aux tibias constellés de bleus. J'avais beau lui dire de faire attention à son grand corps, aucune souffrance n'entamait sa satisfaction d'une bonne journée de *skate* au grand air. Il détruisait une paire de souliers par mois. Comment pouvait-il démolir des chaussures en si peu de temps sans les passer dans une moissonneuse-batteuse ? Bien sûr, c'était excessif. Mais qui aurait reproché à Riopelle de gaspiller de la peinture ?

Quand je suis retourné chercher Flavie à 16 heures 30 tapant, elle jouait dans la cour avec des amies. Je me suis embusqué pour la regarder. À travers les enfants qui couraient comme des électrons dans un accélérateur de particules, elles se poursuivaient et s'attrapaient en rigolant. L'enchevêtrement de leur joie formait une fugue de rires. Alors que, ce matin, je l'avais laissée à la guerre, je retrouvais ma fille telle que je l'espérais, en paix, heureuse et légère. Une de ses amies lui a signalé mon arrivée. J'ai écarté les bras, croyant que Flavie allait courir vers moi en m'apercevant. Elle m'a plutôt crié :

— Ah non, papa ! Pas tout de suite.

— Deux minutes.

Quel bourreau irait mettre la hache dans un jeu d'enfants ? C'était si bon de la voir socialiser. Elle avait tellement d'amitié à partager. Elle a finalement dit au revoir à ses amies en les enlaçant une à une. Pendant que ma fille marchait vers moi, elles se criaient des saluts ostentatoires pour que toute la cour entende.

— Salut Flavie !

— Salut Cécile !

— Salut Flavie !

— Salut Yasmine !

Elle est arrivée à moi, épuisée mais ravie. Je l'ai serrée très fort. Elle avait chaud d'avoir tant couru.

— Salut la plus belle des belles. Comment ça s'est passé, ton exposé ?

— Très bien.

— Ah oui ?

— Tout le monde m'a posé plein de questions, et Isabelle m'a dit que mon affiche était belle.

— Bon, tu vois. Je le savais que t'allais être bonne.

En sortant de la cour, je l'ai vue saluer discrètement un garçon qui jouait au soccer dans l'enclos grillagé.

— C'est qui, lui ?

— Blaise.

Je me souvenais des confessions dans son journal.

— Il est-tu dans ta classe ?

— Oui.

— C'est-tu ton ami ?

— Un peu.

— Aimerais-tu ça qu'il soit un peu plus ton ami ?

— Oui.

— Tu sais, quand on a envie d'être plus avec quelqu'un, il faut aller le voir et lui dire.

— Mais je suis gênée.

— Peut-être que Blaise aimerait ça être plus ton ami, mais qu'il est gêné lui aussi. Tu le sauras pas si tu lui demandes pas. Tu pourrais l'inviter à la maison, si tu veux.

Elle n'a rien dit, mais je voyais qu'elle était tentée par la proposition.

— Aimerais-tu ça qu'on arrête acheter des sushis ? Pour fêter ton bel exposé.

— Oui !

Vive et enjouée : c'était ça, Flavie.

J'ai finalement fait l'amour avec Céleste. En plein après-midi. Dans un chalet qu'on avait loué. Une charmante maisonnette au cœur de la forêt laurentienne. Les bagages n'étaient même pas encore posés qu'on était déjà dans le lit. La chambre était une mansarde avec une fenêtre qui donnait dans les arbres. Les feuilles naissantes projetaient des ombres mouvantes dans les combles.

Après quelques semaines à se découvrir, j'étais prêt. On ne parlait pas. Pas besoin. Nos corps savaient quoi faire. Céleste était une idole, et moi, un primitif. Elle adorait que je l'adore de mon menhir droit dressé à la gloire de sa splendeur. Couchés en cuillère, moi derrière, elle me frottait le membre en ondulant le séant langoureusement. Elle appelait ça la branlette brésilienne. Quand je la tenais par la taille, par-derrière, mes pouces se rencontraient dans le creux de ses reins, qu'elle cambrait au possible, pour me rendre fou, incurvant plus encore ce divin bénitier.

Elle s'est retournée et m'a plaqué sur le dos, avant de m'enfourcher en Andromaque. Je suis entré en elle avec la fébrilité de la première fois. Dans les arbres, les feuilles étaient gorgées de sève nouvelle et moi aussi. C'est tout mon corps et mon âme qui revenaient à la vie. Céleste avait déréglé mes sens. Je la voyais avec mes mains. Je la touchais avec mes yeux. Je la goûtais avec ma peau.

Céleste avait un corps onctueux, qu'elle bougeait en souplesse, étirant ses mains dans l'espace. Comme une chatte. Avec l'intention d'attraper quelque chose d'invisible. De capter des particules de jouissance en suspension dans la lumière printanière. Tout était blanc. Le plafond. Les lambris. La couette. Et, quand elle posait ses seins sur mon visage, c'était l'éclipse. J'étais aspiré par deux planètes, dans un autre univers.

En tant que Franco-Québécoise, elle alternait les *oh putain!* et les *fuck!* pendant l'orgasme. Elle a joui fort. En saccades, comme électrocutée. Et moi, juste après. De puissantes propulsions de Voie lactée me crispaient jusque dans les orteils. Dans ma tête, des supernovas s'entrechoquaient comme des silex. Jaillissement lumineux d'une puissance inqualifiable. J'en avais les oreilles bourdonnantes et je ne voyais plus clair. Des amas de galaxies se contractaient à toute vitesse dans un big bang à rebours.

Contenté, mains sur le cœur, je gisais, terrassé par la jouissance. J'avais passé une jambe sur une cuisse de Céleste. Pour garder le contact avec celle qui m'avait foudroyé. J'étais parti si loin, je revenais peu à peu en moi. Elle aussi. J'ai écarté les bras, Christ en croix, attendant la résurrection après la petite mort.

À partir de cette journée, on n'a plus jamais arrêté de faire l'amour. Faire l'amour… Comme dans *fabriquer* l'amour. On était une usine d'amour. Et on produisait à pleine capacité.

Céleste m'avait fait évoluer. J'étais passé d'australopithèque à *Homo erectus.* Littéralement, je m'étais redressé. Je marchais droit, la tête haute, en regardant les gens dans les yeux. Faire l'amour, c'est bon pour l'amour-propre. Je portais des chandails en cachemire et des surchemises. Je me coiffais et me rasais tous les matins. Avec la moustache et les cheveux gominés vers l'arrière, j'assumais pleinement mon nouveau style boucanier BCBG.

Tout le monde, y compris les étudiants, avaient remarqué la métamorphose, qui allait bien au-delà de mon apparence. Pour les travaux, j'acceptais d'accorder des délais avant même d'écouter les excuses bidon de mes élèves. En classe, j'avais retrouvé le goût de te faire aimer, Ferdinand. Je déclamais des extraits du *Voyage* avec la passion de mes débuts. Surtout les passages où tu vénères les Américaines. Ah, elles t'ont bien tapé dans la cornée, les filles de New York : « Tout ce que la vie peut épanouir de plus périlleux, de véritables imprudences de beauté, ces indiscrétions sur les divines et profondes harmonies possibles. » Quand je leur lisais ça, à mes étudiants, Ferdinand, ils voulaient bien te reconnaître du talent. Peut-être que ça ne tenait qu'à moi, mais ils m'apparaissaient plus intéressés et moins contestataires. Incroyable, quand même, l'effet d'une femme…

Attablé en face de moi à la cafétéria, Ti-Coq était sans voix devant ma transformation.

— T'as rajeuni de dix ans. Incroyable, quand même, l'effet d'une femme…

— Mon gars, tu peux même pas t'imaginer…

En fin de session, la fébrilité était palpable sur le campus. Assis aux tables, à la bibliothèque, par terre dans les corridors et même dans les escaliers, ça tronchait ferme au pied carré. Les étudiants formaient autant de neurones d'un gros cerveau en effervescence. Quand ils travaillaient comme ça, sans moumouniser sur les plans de cours ou chigner sur leurs notes, je les aimais comme mes enfants, mes étudiants. En ces temps-là, je pouvais provoquer en duel quiconque les suspecterait de fainéantise. Oui, certains branleurs qui n'avaient rien foutu essayaient de sauver leur session dans un baroud d'étude perdu d'avance. Mais d'autres jouaient carrément leur avenir sur des virgules dans leur moyenne. Et ça, ça méritait du respect.

Autant de cerveaux qui fonctionnaient à plein régime, ça brûlait des calories. À l'heure du midi, la cafétéria était encombrée de bestiaux accourant à leurs auges. Aux caisses, les files s'étiraient, mais avançaient à bon train. Au comptoir à salades, je m'étais concocté une solide salade d'épinards avec du thon, des œufs durs et des noix de Grenoble. Ti-Coq avait opté pour le combo du jour : soupe à l'avoine et bœuf braisé. Comme d'habitude, il accompagnait son repas d'un lait au chocolat. Un vico, comme on disait dans le temps à Québec.

— Pis, les fesses ?

— Malade. J'ai jamais vu ça. Elle a une libido infinie. C'est à volonté.

— Ah, la jeunesse…

— Mais c'est pas juste ça. C'est une authentique littéraire. Elle a lu tous les classiques. Elle s'exprime dans un français parfait. Imagine… Pas de *Nice, c'est chill, ch'us full down.* Je te le dis : elle me fait bander du cerveau. J'ai jamais vu ça. En plus, elle est souverainiste.

— Ben tant mieux pour toi ! Tu mérites tout le bon qui t'arrive.

Vraiment gentil, le Ti-Coq. Pas jaloux de mon bonheur pour deux sous. La seule chose qu'il m'enviait, c'était mon repas. Il faut dire que ma salade regorgeait de fraîcheur. J'éprouvais une petite fierté de l'avoir confectionnée moi-même. Tout le contraire pour lui. Il chipotait sur le bœuf et n'avait mangé que la moitié de sa soupe, qui achevait de refroidir, parsemée d'épaves de biscuits soda. Je savais qu'en ce moment il éprouvait une *déception*. Je l'ai amené ailleurs :

— Pis, toi, Nelligan ?

— Émile, c'est Émile... La neige va continuer de neiger à la prochaine session.

Quelle franchise désarmante. Ti-Coq ne tentait même pas de dissimuler qu'il donnait le même cours depuis vingt-cinq ans.

— Qu'est-ce que tu vas faire cet été ?

— J'ai loué un chalet à Péribonka. Tu sais qu'au Lac, quatre filles pour un gars, c'est pas une légende... Pis toi ?

— Je sais pas trop. Foufouner, assurément. Céleste a toujours des bons plans pour des chalets. Ses amis sont vraiment bien. Tu sais, ils ne sont pas si pires, les jeunes.

— Ils sont pas très vaillants, pis toujours en train de pleurnicher.

— On dit qu'ils ne veulent pas travailler, mais ils ne veulent juste pas se faire chier comme nous. Et ils ont bien raison. C'est des bons vivants, qui aiment voyager, bien boire et bien manger. C'est le plan de match de tous les retraités. Sauf qu'eux autres ils n'attendent pas à la retraite pour avoir du fun. Au fond, on les dénigre parce que ça nous emmerde qu'ils se fassent pas chier.

— Si tu l'dis…

— Pis je veux écrire, aussi. J'ai un nouveau livre en tête.

— Un autre ? Tu viens d'en sortir un.

— J'ai publié un livre, bravo. Mais encore… Sais-tu combien il se publie de livres par année au Québec ?

— Deux mille ?

— Six mille cinq cents. Sans compter les livres étrangers. Sais-tu c'est quoi le salaire médian d'un écrivain au Québec ?

— Euh… dix mille ?

— Trois mille.

— Quand même, ça fait même pas un mois que t'as sorti ton dernier.

— J'ai eu trois entrevues et une critique. C'est tout.

— C'est déjà pas mal.

— Oui. Mais faut que je passe à d'autres choses. Et là j'ai pus envie d'imaginer l'avenir. Je veux parler de ce qui se passe maintenant.

— Ça va être quoi l'histoire ?

— Je sais pas trop. Une autofiction sur l'air du temps. J'ai l'idée d'interpeller directement Céline dans le texte. Pour l'interroger sur notre époque.

— Céline… T'es courageux. Ça va ruer dans les brancards.

— Tant pis. J'assume. En toute connaissance de cause.

Sur ces entrefaites, Dave Dubé a fendu la foule pour venir à nous, en enlevant ses écouteurs surdimensionnés. On entendait encore les grosses basses assourdies de sa musique hip-hop. En tant que prof en littératures urbaines, écouter du rap, c'était de la recherche et du développement.

— Messieurs.

— Salut Dave.

— Vous savez que je me présente aux élections comme directeur de département ?

Ti-Coq était évidemment au courant.

— Oui. Contre Guylaine et Amanda.

— Des bonnes candidates. Napoléon a fait une bonne *job*, mais je crois qu'on est dû pour un virage jeunesse. Est-ce que je peux compter sur votre vote ?

Ti-Coq a dit oui. Moi aussi, sans réfléchir. Je ne savais même pas que Napoléon achevait son mandat. J'allais le regretter, ce bougre. Il m'avait épaulé avec bienveillance et doigté dans l'épisode des petits fachos, n'hésitant pas à défendre auprès de l'université ma liberté d'enseigner Céline. Est-ce que Dave en ferait autant ? À vrai dire, je ne le connaissais pas beaucoup. Je n'avais rien à branler du rap et il était plutôt discret, toujours accaparé par sa musique. Les étudiants semblaient l'adorer. Il y avait toujours du monde à son bureau, bien au bout du corridor, d'où parvenait en permanence une pulsation hip-hop. Et Dave avait raison sur le virage jeunesse. Le règne des vieux crapauds et des salamandres séculaires avait assez duré : il était temps d'oxygéner l'étang du département. Dave n'avait pas trente ans, il avait eu l'audace de me demander mon vote et il l'aurait. Satisfait, il s'est dirigé vers la machine à liqueurs.

Fixant mon assiette, Ti-Coq s'est levé d'un bond.

— Ça a vraiment l'air bon, ta salade. Je vais aller m'en faire une.

Résolu, il s'en est allé vers le comptoir à salades en pocpoquant du talon. Il s'est remis courageusement en file, bien décidé à corriger son erreur. En voilà un qui avait de grandes espérances et qui n'allait pas se laisser démonter par un mauvais choix. Admirable.

J'avais invité Céleste au spa. Occasion d'alanguir nos corps et nos esprits. Et aussi, disons-le, de l'admirer en bikini. Et ça n'avait pas raté. Je l'attendais à la sortie du vestiaire des femmes. Quand elle est apparue, j'ai failli défaillir. Elle mesurait son effet, et moi, ma chance. Le bikini était rose nanane et nano. Toute sa pudeur ne tenait qu'à quelques fils.

— *Babe*, tous ces cordages, tous ces pièges. Comment tu veux que je te résiste, je n'ai aucune chance.

— Au contraire, t'en as beaucoup.

Elle a marché vers moi en avançant toutes ses formes et ses volumes dans l'espace. Des triangles et des sphères : de la géométrie appliquée. On s'est embrassés. Encore. Toujours. Et on s'est dirigés vers le bain chaud avec la chute. Je marchais à sa suite, hypnotisé par son séant ondulant.

Tu te souviens, Ferdinand, dans *Nord*, mademoiselle de Chamarande, la veuve de milicien, qui provoque une émeute à la piscine parmi les nazis et les collabos, à force de se tortiller le derrière ? Eh bien, on y était presque avec Céleste. Elle se chargeait comme un ressort du désir des hommes et de l'envie des femmes.

Tout le monde nous regardait. Elle d'abord, épormyablement sexy. Les hommes essayaient d'obtenir des miettes d'elle du coin de l'œil. C'était plus facile pour ceux qui avaient des lunettes fumées. Ceux qui étaient accompagnés détournaient la tête, de peur de se faire gronder. Et moi aussi, on me fixait. Un triton avec une nymphe. Les hommes n'y croyaient pas. Les femmes me jetaient des regards chargés de sous-entendus.

Bizarre, quand même, le tabou de l'âge dans un couple. À l'heure de toutes les diversités, si une femme plus âgée mettait la main sur un jeune homme, la femme était d'emblée confiante et séduisante, alors que le garçon voyait « avec les yeux du cœur ». Mais si un homme avait à son bras une fille plus jeune, il fallait forcément qu'il fût un vieux dégueulasse, et elle, une petite linotte à l'argent. Pour ma part, j'étais incontestablement vieux. Dégueulasse, je ne sais pas. Mais Céleste n'était pas linotte, encore moins mercantile. Je crois même qu'elle gagnait plus que moi. Bien sûr que j'appréciais le corps ferme et lisse de Céleste. Je n'allais pas m'en cacher ni m'en excuser. Mais notre connivence intellectuelle et nos fous rires complices transcendaient nos âges.

Pour une jeune fille, il y avait toutes sortes de raisons de préférer un vieux monsieur. Lors d'un lendemain de brosse au Cobra, Céleste m'avait confié, en se moquant de ma tronche d'épouvantail et de mon haleine de phacochère, que plus j'avais l'air vieux, plus elle se sentait jeune. Et comme je la complimentais sans arrêt sur sa jouvence, peu importe l'âge qu'on aurait, elle se verrait toujours plus jeune dans mes yeux. Pour quelqu'un comme Céleste, qui avait peur de vieillir, c'était plutôt rassurant.

Nous avancions, tout fiers de notre différence, sous les pétarades oculaires des frustrées et des jaloux, et nous sommes entrés dans le bassin d'eau chaude, comme un couple impérial de la Rome antique. Dans les marches qui descendaient au bassin, je tenais la main de Céleste, avec une galanterie d'une autre époque.

Près de la chute, Céleste s'est assise sur moi. Sous l'eau, je pouvais la caresser ni vu ni connu. Yeux fermés. Délassement musculaire total sous la pression des jets. Tous mes petits bobos de vieux monsieur se dissolvaient dans la turbulence des fluides.

Après la chaleur, choc thermique dans le bassin d'eau froide. Avec une pensée pour les passagers du *Titanic.* Réveil brutal de tous les sens. Resserrement de toutes les chairs.

On est allés faisander nos viandes au quai qui donnait sur un étang. Allongés sur des chaises longues, on somnolait l'un sur l'autre. Le soleil était bon sur la peau. Parmi les joncs, des carouges à épaulettes stridulaient : *oncle henri !* Un grand héron s'est envolé, gracile et indolent, pour aller faire autre chose ailleurs. Difficile de se croire à dix minutes du centre-ville de Montréal. Et, tout ça, c'était un avant-goût de notre été.

Céleste terminait *So watt.* Je la voyais surligner régulièrement des passages en rose. Je me doutais bien que ce n'était pas son type d'histoire, mais au moins elle appréciait le style. Je commençais à me détacher de mon livre. *Veni, vidi,* mais pas *vici.* Qu'importe. On pouvait bien en dire tout le mal du monde, ou tout simplement s'en câlisser, ça ne m'atteignait plus. J'étais déjà ailleurs ; au chalet avec Céleste et dans mon prochain roman. Pour le moment, j'achevais ma réflexion autour du personnage principal et du ton que je voulais privilégier. Je n'allais pas tarder à me délier les doigts sur le clavier pour envoyer le premier jet. Je sentais que ma médaille était là, Ferdinand. Ce n'était pas la Croix de Saint-Louis, ni la Légion d'honneur, ni même l'Ordre du Québec. Mais c'était ma médaille à moi, que j'avais trouvée dans la glaise de mes maux. Et j'en allais commencer le nettoyage.

Bien délassé, j'ai proposé le bain de vapeur. La Ligue nationale de la sudation. En entrant, j'ai été assailli par une chaleur impitoyable. La vapeur était tellement dense qu'on ne voyait pas à un pied devant soi. On s'est dirigés dans le fond à tâtons, en marchant dans la chaleur.

On s'est assis côte à côte. L'air nous brûlait les bronches et nous cramait le visage. On avait peine à respirer et on soufflait comme des forges à suer notre vie. La peau de Céleste était chaude et moite. La vapeur commençait à se dissiper. J'ai découvert deux silhouettes en face de nous. Un jeune couple. Un gars bien musclé et bien tatoué. Une fille mince, tatouée, elle aussi.

Précédés des grondements d'un Balrog dans la Moria, les jets de vapeur se sont activés et la chaleur est redevenue suffocante. N'en pouvant plus, le couple a quitté dans un silence de vaincus. De nouveau, on ne voyait plus rien. La purée de pois. On gérait nos souffles en soupirant. Je ruisselais de sueur. Ça coulait à torrent entre les seins de Céleste. Je lapais le tout. C'était chaud et salé. Yeux fermés, j'essayais d'oublier mon corps et la torture que je lui infligeais.

— J'ai commencé un autre livre.

Je ne reconnaissais plus ma voix, étouffée dans la vapeur.

— Ah oui ?

— Une autofiction.

Céleste s'est déplacée entre mes jambes. Elle a descendu mon costume de bain jusqu'à mes chevilles. J'ai refermé les jambes, tout crispé.

— Qu'est-ce que tu fais, là ?

Il n'y avait que nous deux. Si quelqu'un entrait, on ne pourrait pas nous voir, tant l'air était opaque. Mais quand même. Elle m'a empoigné le zob, tout ramolli par la vapeur. J'ai voulu la retenir. Elle a écarté ma main et s'est mise à genoux devant moi. Lissés vers l'arrière et mouillés, ses cheveux révélaient son beau visage rougi par la chaleur. Elle a fait coulisser sur les côtés les triangles de son bikini, révélant ses gros seins bien sphériques. Elle a inséré la queue de ma comète entre ses deux planètes. C'était chaud et doux. Ça glissait tout seul. Perdu dans la brume, je flottais dans les nuages.

— Viens, mon écrivain. On va t'écrire une belle scène.

Ne jamais museler sa muse. Alors je me suis abandonné tout entier dans la fiction qui collisionnait la réalité. Et tant pis pour les madames en robe de chambre qui pourraient nous surprendre. De toute façon, je n'avais déjà plus de sang au cerveau; il s'en était allé plus bas, gorger les corps caverneux.

Après m'avoir bien manipulé, elle m'a pris en bouche, avec un savoir-faire et un plaisir manifestes. J'étais surpris de pouvoir bander, avec toute cette chaleur. La vapeur absorbait les bruits de succion. J'avais basculé la tête vers l'arrière et je m'offrais en sacrifice. Je fondais comme Icare, trop près du soleil. Toutes les sensations de mon corps convergeaient entre mes jambes, à l'horizon des événements. Comme l'univers à son origine, j'étais concentré en un seul point: je tenais tout entier dans la bouche de Céleste.

J'ai voulu remercier Céleste pour cette mise en bouche. Comme il se doit. Je savais ce qui lui ferait plaisir, à ma petite sapio. J'ai pris une feuille et ma Waterman.

Céleste,

En hibernation dans ma grotte, je gisais dans le Néandertal, mammouth fossilisé dans la pergélisolitude. Et puis tu as surgi dans ma vie. Grâce à un habile jeu de réflexion, ta lumière s'est insinuée dans ma caverne et ta théorie des formes a chambardé le monde de mes idées. Ta chaleur m'a décongelé. Ramené d'entre les morts. Car c'est bien ce que j'étais, allongé dans un sarcophage avec mon désir momifié : un mort. On m'aurait caressé que je me serais effrité, tant mon corps était desséché.

Mais toi, tu es apparue. Inespérée et inattendue. Avec du charme, de la gouaille et du chien. Tu m'as lapé jusqu'à plus soif, léché et humidifié de toutes tes muqueuses. Tes courbes ont arrondi mes angles droits. Ton cercle s'est inscrit dans mon carré, et nous avons résolu la quadrature du texte.

Je t'aime.

Achille

J'ai mis le mot dans une enveloppe, que je suis allé déposer dans sa boîte aux lettres.

La fin de session, enfin. De bonne humeur, j'avais expédié mes corrections en un temps record. Grâce à Céleste, j'avais eu le crayon rouge moins pesant. Étudiants, vous voulez des bonnes notes ? Trouvez-vous un prof en amour. Allez, chers milléniaux. Profitez de l'été pour faire le tour du monde, boire du vin nature et faire des *stories* sur Instagram. On se reverra au Cobra. Je ne sais pas si vous l'avez mérité, mais une chose est sûre : quand vous serez perclus d'arthrite et rongés par l'alzheimer, il sera trop tard pour voyager au bout de la nuit.

Il me restait une dernière réunion de département avant de plonger dans l'été avec Céleste.

Hormis le concierge qui passait la Zamboni dans les corridors, l'université était déserte et silencieuse comme un tombeau. On a beau les trouver parfois incultes et paresseux, sans étudiants, un campus n'a aucune raison d'être. À l'entrée de l'auditorium où avait lieu la réunion, des petits groupes de profs s'étaient formés. Amanda Okoye, Guylaine Lambert et Dave Dubé butinaient de l'un à l'autre, mesurant leurs appuis. Il y avait des élections dans l'air. Dave m'a regardé. Je lui ai fait un clin d'œil en entrant. Paqueter l'assemblée, faire sortir le vote, la politique n'avait pas beaucoup évolué depuis Duplessis. M'apercevant du fond de la salle, Ti-Coq a levé le bras. Je l'ai rejoint. Richard était déjà là. Il m'a grommelé un salut, plus morose que jamais.

Napoléon Cherenfant est arrivé avec son retard princier de dix minutes. Il a fait rentrer tout le monde et amorcé le pilotage de sa dernière réunion de département. À première vue, nous étions à peu près tous là (environ vingt-cinq profs), sauf McKay. Ces derniers temps, il semblait très peu concerné par l'enseignement. C'est à peine s'il donnait ses cours. On ne le voyait plus à son bureau. La dernière fois que je l'avais croisé, il était planté tout seul devant une grande fenêtre, avec la réflexion de sa tête à faire peur dans la vitre. Il contemplait mélancoliquement un stationnement rempli. Son visage était d'une inquiétante fixité. On aurait dit qu'il était sur le point d'éclater en sanglots. Comme si la vue d'autant d'autos l'attristait pour vrai. Voilà où l'avaient mené son cynisme et sa solitude. Il n'était plus qu'un reflet, une transparence de lui-même, fantôme s'effaçant d'un monde qui ne lui convenait plus.

Napoléon avait préparé un (trop long) discours d'adieu. Bon orateur, avec un indéniable sens du solennel, mais il avait tendance à se perdre dans les circonvolutions de sa pensée. En gros, il avait beaucoup appris et nous remerciait de notre collaboration. Tout le monde l'a chaleureusement applaudi. Il avait été un bon sherpa. Pas facile de guider une cordée aussi hétéroclite que la nôtre. Il a ensuite expédié les affaires courantes.

Comme d'habitude, ça s'embourbait dans les détails et ça chipotait sur la formulation. Il y en avait toujours un ou une pour s'inscrire en faux contre une proposition, en insistant pour qu'on note sa dissidence au procès-verbal. Et Napoléon dirigeait le trafic avec une patience de bienheureux en attente de canonisation. Ces dernières années, ça devenait de plus en plus difficile d'obtenir un consensus.

Résultat de tous ces palabres : Ti-Coq était sur son téléphone, et moi j'étais au spa, avec le souvenir de ma fellation céleste. Cette pipe dans la vapeur, c'était du vapotage qui aurait pu être homologué par Santé Canada.

Et, enfin, le temps des élections est arrivé. Les trois candidats se sont avancés pour s'adresser à nous. Un trio disparate, pour le moins. Dave Dubé, avec ses écouteurs autour du cou et son coton ouaté de Manu Militari, avait l'air d'un élève plus que d'un prof.

Amanda Okoye, mi-trentaine, panthère noire pavanant son afro flamboyant comme un drapeau. Spécialiste de la littérature afro-américaine. Fille du célèbre porteur de ballon des Chiefs de Kansas City, Christian Okoye. Militante dynamique et surbrillante, elle transposait la fougue de son père dans le match de la vie. Sur les questions féministes, elle était capable de s'allier ponctuellement à ses sœurs caucasiennes. Et, quand il s'agissait de s'attaquer au privilège blanc, elle pouvait faire front commun avec des hommes racisés. Au département, elle prenait systématiquement le parti de Marie-Christine Vollant, incarnant ainsi la nouvelle alliance entre les Noirs et les Autochtones, principaux suppliciés de l'Amérique.

Guylaine Lambert. Anciennement Guy Lambert, cette personne trans avait achevé sa transformation depuis quelques années. Au début, même les plus *éveillés* du département avaient été secoués de voir arriver ce grand bonhomme blanc habillé en femme et maquillé. Et puis il y avait eu les hormones et les implants mammaires. Mais la voix était restée grave. Et puis tout le monde s'était habitué. Il faut dire que Guy était un brillant dix-neuviémiste, spécialiste de Flaubert, apprécié de tous et de toutes. Ça n'avait pas changé avec Guylaine, si ce n'est qu'elle avait l'air mieux dans sa peau.

Napoléon a tiré au sort, et Dave Dubé a été désigné pour s'adresser à nous en premier. Il s'est avancé d'un pas.

— J'ai décidé de me présenter à la direction du département parce que j'ai envie de relever de nouveaux défis et que je crois qu'il est temps d'envisager un vira…

— Un instant, Dave.

Marie-Claude Hébert lui avait coupé la parole sans ménagement. C'était son habitude, surtout quand il s'agissait de la couper à un homme. Elle s'est levée.

— Compte tenu des personnes qui se présentent devant nous, il est entendu que nous nous apprêtons à reconduire un schéma classique de domination patriarcale. Les deux personnes se considérant comme des femmes vont diviser le vote et l'homme cisgenre va se faufiler. Je propose que Dave se retire de la course pour s'assurer que nous soyons représentées et représentés par une personne qui se considère comme une femme. Rien contre toi, Dave ; je suis sûre que tu comprends la situation.

Murmures approbateurs dans la salle. Dave a sondé la salle du regard. Tous ses sympathisants, sauf Ti-Coq et moi, regardaient par terre. Il était piégé et il le savait. S'il persistait à se présenter, qu'il gagne ou non, Marie-Claude et sa suite lui rendraient la vie impossible. Contrit, il a concédé la défaite :

— Marie-Claude a raison. En tant qu'allié, je suis désolé. En vertu du principe de l'alternance, c'est à une femme que revient la direction du département. En conséquence, je retire ma candidature. Encore une fois, je suis désolé.

Il est allé se rasseoir. *Game* ovaire, le Dubé.

— Ah non !

Richard avait bondi de sa chaise. Tout le monde s'est retourné vers lui.

— Dave, tu vas pas te laisser castrer comme ça !

Je lui ai mis une main compatissante sur l'épaule.

— C'est correct, Steph.

— Non, c'est pas correct.

Il s'est dégagé sèchement avant de se lever et de descendre lentement les marches de l'auditorium jusqu'à l'avant. Contenues depuis des années, sa colère et sa frustration bouillaient à gros bouillons.

— Vous rendez-vous compte de ce que vous faites ? Vous bafouez la démocratie la plus élémentaire ! C'est quoi, c'est une clitocratie, maintenant ? Moi, ch't'écœuré d'être discrédité juste parce que je suis un gars ! Au mieux, ch'us un tas de marde ; au pire, un violeur potentiel.

Il regardait Marie-Claude savourer sa victoire d'un petit sourire baveux. Parvenu à l'avant, Stéphane Richard faisait face à l'assemblée. Il tremblait de rage et hurlait en nous pointant :

— Avouez que vous l'avez jamais voulue, la parité ! Vous voulez votre revanche sur l'histoire ! Vous voulez nous faire payer dix mille ans d'oppression ! Avouez-le au moins ! Avouez que vous pensez que les femmes sont supérieures aux hommes ! On le sait donc que les femmes endurent mieux la douleur et qu'elles vivent plus longtemps ! Les gars : les gros tas ; les filles : les gentilles !

L'assemblée était figée. Richard se sabordait sous nos yeux, et personne ne savait comment réagir. On l'a laissé s'exprimer. C'est sans doute ce qu'il y avait de mieux à faire.

— J't'écœuré, OK ! Moi, j'ai perdu ma chaire de recherche ! Je reçois pus de subventions. Je peux pus diriger aucun comité ! On m'invite pus nulle part ! Si j'avais pas ma permanence, on me crisserait dehors comme un malpropre ! Comme si j'avais commis un crime ! Comme si je valais pus rien du jour au lendemain ! Mais j'ai rien fait de mal, OK !

Sa voix craquait dans les aigus tant il criait de tout son corps et de toute son âme. Il était tout rouge, et ses veines frontales saillaient, aux limites de l'anévrisme.

— Moi, tout le monde peut me taper dessus, mais je peux jamais rien dire ! Pour les femmes, ch'us un misogyne ! Pour les jeunes, ch'us un vieux ! Pour les Noirs, ch'us un raciste ! Pour les gays, ch'us un homophobe ! Pour les musulmans, ch'us un islamophobe ! Pour les Autochtones, ch'us un colonialiste ! Heille ! Ça va faire, la piñata ! Ch'us un bon gars, moi, OK ! Ch'us un bon gars ! J'ai jamais agressé personne ! J'ai élevé deux filles ! Pas d'amalgame, c'est pas juste bon pour les musulmans !

Hors de contrôle, le réacteur nucléaire en fusion a fini par imploser. Stéphane Richard s'est effondré en sanglots. Lui, le docteur en lettres, auteur d'une thèse brillantissime sur Mallarmé, ancien titulaire de la Chaire de recherche en littérature et nouvelles technologies. Il pleurait sa vie devant ses pairs. Des gros pleurs pathétiques. Les larmes saccadées d'un enfant bousculé depuis trop longtemps, qui n'en peut plus d'accumuler. J'avais le goût d'aller le prendre dans mes bras pour le consoler et lui offrir un biscuit avec un verre de lait.

Il a couru vers la porte en pleurant dans ses mains. Juste avant de sortir, il s'est retourné vers nous. Délayée par la sueur, sa teinture avait coulé aux tempes et ses doigts avaient barbouillé ses yeux tout de noir à son insu. Tel un Alice Cooper calvitieux, il nous a crié :

— Allez chier, crisses de frustrées mal baisées !

Avant de déguerpir, exactement comme un enfant de quatre ans se sauverait dans sa chambre pour purger sa punition. Manifestement, c'est lui qui était frustré et, selon Ti-Coq, il ne foufounait plus depuis des lunes. Ceci expliquant sans doute cela.

Complètement décoiffée, la salle oscillait entre l'éclat de rire franc et le malaise paralysé. Le temps était suspendu. Et puis, d'un coup, tous les profs de littérature se sont mis à parler en même temps. Personne n'avait vraiment compris ce qui venait de se passer. La chute d'une idole en direct. Un authentique suicide professionnel. L'équivalent de tes pamphlets, Ferdinand. Il ne s'en remettrait jamais : *School's out* pour Stéphane Richard.

De fait, j'ai su par la suite que Napoléon avait intercédé en sa faveur pour que personne ne dépose de plainte contre lui, en plus de le guider à travers les méandres administratifs pour qu'il puisse obtenir un congé de maladie qui le mènerait jusqu'à la retraite. Avec sa compassion coutumière, Napoléon considérait Stéphane Richard comme un soldat victime d'un choc post-traumatique ; un vétéran incapable de s'adapter à la nouvelle vie civile, mais qui méritait la reconnaissance de ses états de service.

Napoléon a ramené tout le monde à l'ordre et relancé les élections. Amanda et Guylaine ont proposé de se présenter conjointement et de former une direction bicéphale, signe d'un nouveau leadership coopératif typiquement féminin. Personne n'y voyant d'objection, elles ont été élues par acclamation. À croire qu'elles avaient manigancé toute l'opération avec Marie-Claude. Si ça leur faisait plaisir, moi je m'en tartinais le jambon-beurre.

La réunion s'est terminée, et tout le monde s'est levé pour aller féliciter les nouvelles codirectrices du département des littératures de l'UMAQ. Dave s'est éclipsé, avec ce qui lui restait de queue entre les jambes. Napoléon était tout sourire, soulagé d'avoir achevé son mandat. Après le feuilleton des petits fachos et la sortie de piste de Richard, il était temps qu'elle finisse, cette session. Qu'on n'en parle plus, hein, Ferdinand ?

— Ah ben crisse.

Assis à ma gauche, Ti-Coq me tendait son téléphone. Sur le site de rencontres, il venait de *matcher* avec Mélanie, la TDAH logorrhéique. Ti-Coq exultait :

— Moi, je la laisserai pas passer.

— Si tu veux mettre toutes les chances de ton bord, dis-lui pas que tu me connais.

La sortie de Stéphane Richard m'avait ébranlé. Sa détresse était à la fois émouvante et dérisoire. Le pauvre n'avait rien vu venir et le sol se dérobait sous ses pieds. Il avait toujours suivi les règles du jeu et, en cours de match, les règles changeaient; il ne pouvait plus suivre la rondelle et se retrouvait sur la touche. Sans le savoir, il nous avait rejoué le constat brutal d'Ovide Plouffe : il n'y avait pas de place nulle part pour les Stéphane Richard du monde entier. Sous un angle personnel, il méritait certainement de la commisération. Mais, d'un point de vue sociohistorique, il était ridicule de se braquer contre un rééquilibrage des pouvoirs au profit des femmes et des minorités. La justice commandait de répartir la tarte équitablement entre tous les affamés.

McKay avait raison : on vivait une révolution. Trop longtemps abusées et laissées pour compte, les femmes et les minorités avaient faim de justice et d'inclusion. Après des siècles de pouvoir transmis de droit divin, Versailles était pris d'assaut par le peuple. Tout comme les aristocrates, les bonhommes blancs se voyaient retirer des avantages qu'ils avaient crus immuables. Mais il allait falloir du temps à tout le monde pour s'habituer à la nouvelle République. Il y avait certainement un rattrapage à faire, et ce rattrapage n'allait jamais assez vite pour les lésés de l'histoire. Forcément, il y avait des excès. À moins qu'elle ne soit tranquille, une révolution va toujours trop loin. Grisé par son nouveau pouvoir et le sang qui monte à la tête, le Comité de salut public envoyait à la guillotine toutes les perruques blanches sans distinction. À moins de renier publiquement sa particule, de renoncer à ses biens et à ses titres, et de se faire plus citoyen que les citoyens. Les aristos convertis à la République échapperaient au rasoir. Les autres paieraient de leur sang leur loyauté à l'ordre ancien. Sauf que parmi les aristocrates raccourcis par Saint-Just et Robespierre, il y avait certainement des bons gars. On ne fait pas d'omelette sans casser d'hommes...

Gonflé par la frustration d'avoir été contenu trop longtemps, le torrent révolutionnaire avait fait sauter le barrage et emportait tous les privilégiés, y compris les bons gars. Dès lors, pour les bonhommes blancs, quatre postures étaient possibles. À l'instar de Richard, s'acharner à contre-courant, refuser le réel et pagayer de toutes ses forces en regrettant le bon vieux gai temps où l'on clapotait en chaloupe bien pépère parmi les nénuphars. Ou alors, se tenir en retrait sur la berge et regarder passer le courant, comme Ti-Coq et McKay. Ou encore, agir selon l'évangile de Dave, en bon apôtre bien confit de contrition, et se laisser emporter par le courant, telle une vulgaire pitoune. Ou bien prendre acte du déferlement et manœuvrer dans les rapides en kayak; en suivant le courant, mais en conservant sa capacité de propulsion et de direction. Une position gyroscopique, en somme: trouver l'équilibre dans le mouvement. C'est à ça que j'aspirais. Certainement plus facile à dire qu'à faire.

Toi, Ferdinand, l'époque, tu ne l'aurais pas supportée. Après la libération, c'était l'épuration 2.0. Une traque des vilains collabos qui ne souscrivaient pas aux commandements du nouveau pouvoir *éveillé*. Éternel mésadapté civil, tu n'as jamais concordé avec ton temps. Avec ton rire de corbeau, tu te serais gaussé du concert d'indignations et des sirènes de la censure.

Tu en aurais rajouté une couche et puis une autre. Ou pas… Tu as toujours eu les mal-foutus à cœur. Peut-être aurais-tu pris le parti des petits… Quelle aurait été la teneur de tes pamphlets aujourd'hui ? Auraient-ils été antiféministes ? Qui sait… Racistes ? Indubitablement. Mais à quoi bon remuer les poubelles du passé et composter des suppositions ? Mieux valait ouvrir les fenêtres et humer l'horizon.

En cela, Céleste m'était d'un grand secours. Séduisante et charmante, sans aucun complexe, elle promenait partout son gros QI en dandinant ses idées. Féministe enhardie, elle regrettait le temps de la drague et de la galanterie. Mais elle n'hésitait pas à me recadrer lorsque j'avais des échappements de vieux monsieur. C'est vrai que j'avais tendance à généraliser, surtout quand il s'agissait de l'air du temps. Jeune de cœur et d'âme, assurément de son époque, Céleste reprochait à sa génération un manque navrant de perspective historique et une désespérante insensibilité envers l'avenir de la langue française. Elle était aussi critique envers les féministes radicales, ces femmes qui n'aimaient pas les hommes.

L'égalité des sexes, ça me concernait au plus haut point, puisque je paternais une fille et un gars. Je souhaitais à Flavie plus d'assurance et à Léo de trouver ce qui le ferait vibrer. Je voulais qu'ils puissent rêver aussi haut qu'ils le voulaient et avancer aussi loin qu'ils le pouvaient. Je souhaitais un monde plus sécuritaire et plus juste pour ma fille. Et un monde où mon gars ne serait pas suspecté de toxicité du fait de son chromosome Y.

Je voulais que mes enfants aient les mêmes chances de devenir la meilleure mouture d'eux-mêmes. Je voulais qu'ils aiment et qu'ils soient aimés. Les deux. Également. C'est à ça que je consacrais toute mon énergie de père.

J'étais enfin en vacances, devant l'horizon de tous les possibles avec Céleste. Très touchée par mon mot, elle avait tenu à ce que je le lui lise à voix haute. Elle pleurait. Et moi, quand j'ai lu *Je t'aime*, ma voix a flanché. C'est quand même impliquant, le premier *Je t'aime*.

— Moi aussi, je t'aime, mon bel écrivain.

On a promis de continuer à se faire plaisir avec la langue.

Sur un coup de tête, on avait accepté l'invitation de Ti-Coq à venir le rejoindre à son chalet, Mélanie et lui. Improbable carré d'as... De toute façon, si Mélanie parlait trop, j'irais faire du kayak avec Céleste.

Est-ce que Ti-Coq était en train de devenir mon *ami*? En tout cas, j'avais le goût d'être en sa compagnie. Peut-être parce que j'avais l'impression de lui en devoir une; après tout, grâce à lui, j'avais rencontré Céleste. Ou peut-être que ça me faisait du bien de côtoyer quelqu'un d'empathique, qui n'était pas toujours en train de pleurnicher sur ce que devenait le monde. L'intelligence, c'est bien, mais si c'est pour verser dans le cynisme de ceux qui ont tout vu et tout compris, autant rester ruminer chez soi. En général, mais surtout en amitié, l'intelligence est surévaluée.

Toi, Ferdinand, je n'aurais pas voulu être ton ami. Trop intelligent, justement. Trop certain d'avoir tout le temps raison. Trop sombre. Trop replié dans tes peurs et tes angoisses. Quand je voyage avec Bardamu, c'est à la meilleure part de toi que j'ai droit. Et ça me suffit.

Parlant d'ami, Flavie avait enfin trouvé le courage d'inviter Blaise à jouer à la maison. Un petit timide, à lunettes lui aussi. Ils s'amusaient dans sa chambre aux Playmobil. Il fallait les voir à quatre pattes, complices de toujours, déplacer leurs figurines et s'inventer des histoires. Deux petits caniches, avec l'infini à leur portée.

Bien enfermé dans sa chambre, Léo, quant à lui, était vissé à ses écouteurs devant son ordinateur. Depuis peu, il concevait des *beats* de rap. Il aurait fallu valider avec Dave, mais ma foi, il s'en sortait plutôt bien. Mon gars m'expliquait la différence entre les sous-genres de rap (*trap*, *drill*, *cloud*). Il m'entretenait des mérites de la basse glissée et des vertus de la fréquence 808. Je ne comprenais pas tout, mais je profitais de chaque seconde de conversation avec lui. En tout cas, il était passionné. C'était déjà ça.

J'attendais Céleste pour souper. Elle allait enfin rencontrer mes enfants. J'avais enfilé un veston, taillé ma moustache et fait mon possible pour rendre l'appart présentable. J'avais acheté des napperons et des serviettes de table. La salade pommes et endives était prête. Les huîtres attendaient sur la glace. Les côtelettes d'agneau achevaient de mariner. La bonbonne de propane du barbecue était remplie. Je terminais l'installation de mon dernier achat : un lave-vaisselle de comptoir. Pas vraiment le modèle multijets silencieux relié à mon téléphone dont j'avais rêvé. Plutôt un coffre à vaisselle sale, mais qui allait me sauver bien du temps et du chialage.

On a sonné. En fait, on a cogné, parce que la sonnette était brisée. Je suis allé répondre. Céleste m'est apparue, muscadet à la main. Jaillissant de sa robe soleil tel un bouquet d'un vase. Tout sourire, avec ses beaux yeux pétillants. Pleine de promesses, comme l'été qui s'en venait. Avec elle, j'avais envie d'un voyage au bout de la vie.

Sainte-Adèle
Printemps 2021

MERCI

Alice et Louis
Mes garde-fous.

Chanel Foucault
Pour tes mots, tes remarques et ton soutien indéfectible.

Jean Barbe
Pour ta sagesse et ta bienveillance.

Pierre Filion
Pour ton œil d'épervier.

Olicorno (www.olicorno.com)
Pour la toile épique en couverture.

François Sybille
Pour la couverture céleste.

Docteure Johanne Bénard (Université Queen's)
Pour l'expertise célinienne.

Snou de Batlam
Pour le chant du bonhomme blanc.

RÉFÉRENCES

Les œuvres suivantes sont citées dans ce roman.

Pierre Assouline, dans le documentaire radio *Céline au fond de la nuit*, France Culture, 2019.

Louis-Ferdinand Céline, *Voyage au bout de la nuit*, Gallimard, 1952.

___________, *D'un château l'autre*, Gallimard, 1957.

___________, *Nord*, Gallimard, 1960.

___________, *Lettres à Milton Hindus (1947-1949)*, Gallimard, collection « Les cahiers de la NRF », 2012.

Eminem et Nate Dogg, « Shake That », *Curtain Call: The Hits*, Shady / Aftermath / Interscope, 2005.

Gustave Flaubert, *Correspondance V : janvier 1876 – mai 1880*, Gallimard, collection « Bibliothèque de la Pléiade », 2007.

Serge Gainsbourg, « Sea, Sex and Sun », *Le cinéma de Serge Gainsbourg*, Universal, 2002.

Claude Gauvreau, *Les oranges sont vertes*, L'Hexagone, 1994.

Charles Hart (interprète), Lou Handman (compositeur) et Roy Turk (auteur), « Are You Lonesome Tonight? », *single* éponyme, Harmony Records, 1927.

Michel Houellebecq, *La poursuite du bonheur*, © Flammarion, 1997.

___________, *Le sens du combat*, © Flammarion, 1996.

___________, *La possibilité d'une île*, Fayard, 2005.

Victor Hugo, *Les orientales*, Charles Gosselin, 1829.

Loco Locass, « Les géants », *Le Québec est mort, vive le Québec !*, Audiogram, 2012.

Patrick Norman, « Quand on est en amour », album éponyme, Star Records, 1984.

Léon Trotski, « Céline et Poincaré », 10 mai 1933 (accessible en ligne : www.marxists.org/francais/trotsky/livres/litterature/lt19330510.htm).

TABLE

Achevé d'imprimer en septembre 2021
sur les presses de
Marquis Imprimeur

ÉD. 01/ IMP. 01
Dépôt légal : 3e trimestre 2021

Imprimé au Canada